ERCOLE AMANTE.

TRAGEDIA.

Repreſentata per le Nozze delle Maeſtà Chriſtianiſſime.

HERCVLE AMOVREVX.

TRAGEDIE.

Repreſentée pour les Nopces de leurs Majeſtez Tres-Chreſtiennes.

A PARIS,
Par ROBERT BALLARD, ſeul Imprimeur du Roy pour la Muſique.

M. DC. LXII.

Auec Priuilege de ſa Majeſté.

ERCOLE AMANTE.

TRAGEDIA.

ARGOMENTO.

HAuendo Ercole soggiogata l'Eocalia, Hyllo figlio di lui, & Iole figlia del vinto Rè Eutyro arsero di reciproco affetto, e non molto dopo innamoratosi della medesima anche Ercole la chiese per moglie al di lei Padre, che non consapeuole ancora dell'impegno di essa con Hyllo la Pro-

HERCVLE AMOVREVX TRAGEDIE.

ARGVMENT.

Hercule ayant assujetty l'Eocalie, Illus son fils & Yole fille du Roy vaincu conceurent vn amour reciproque; peu de temps apres Hercule estant deuenu amoureux de cette mesme Princesse, la demanda pour femme au Roy Eutyre son Pere, qui ne sçachant pas encore l'engagement de sa Fille auec Illus, consentit à la de-

mise, & informatone poi la negò, onde il semideo offeso di ciò l'uccise, che però tanto più diuenuta Iole auuersa al rifiutato amante, Venere come di lui amica; desiderosa di rendergliela propitia, e diffidando poter per ciò disporre di Cupido à sua voglia, hà ricorso à gl'incanti, à che Giuno altretanto contraria studiosamente s'oppone, trà gli auuenimenti della qual gara auuistosi Ercole della riualità del figlio, & insospettito (benche à torto) che questi gl'insidiasse alla vita, risolue di porlo à morte, mà sopragiunta Dejanira Madre di lui, che per ministero della fama era stata à tal luogo Tratta dalla gelosia si frapone per saluarlo senza però ottenere altro, che di accomunar' à se stessa vn si gran pericolo, onde Iole non scorgendo à ciò altro riparo, si risolue di dare all'infuriato Eroe (purche perdoni ad Hyllo) qualche speranza di piegarsi ad amarlo, ad intuito di che Ercole sospendendo l'essecutione de suoi sdegni, manda (per

mande; Mais depuis mieux informé voulut retracter son consentement, dont Hercule fut si puissammont irrité qu'il le tua. Yole prenant de ce meurtre vne nouuelle auersion contre Hercule, Venus pour l'adoucir a recours aux enchantemens; Iunon tout au contraire ancienne ennemie d'Hercule s'applique soigneusement à trauerser son amour, & parmy les diuers euenemens qui naissent des efforts opposez de ces deux Deesses; Hercule s'apperçoit que son fils est son riual, & s'estant faussement imaginé qu'il auoit attenté sur sa vie s'appreste à le faire mourir, quand Dejanire, Mere infortunée de cet aymable Fils, conduite par sa jalousie, arriue à propos pour se mettre entre-deux, mais elle ne peust obtenir autre chose que d'entrer auec Illus dans le mesme danger de mort; ce qui contraint Yole de promettre toutes choses à Hercule qu'elle haïs-

assicurarsi dalla gelosia) il figlio prigioniero in vna Torre sul Mare, & ordina (per liberarsi dalle contrarietà) che la moglie torni in Calidonia, quindi mostrandosi ogn'or più determinato, quando non ottenga le bramate nozze, di vendicarsene atrocemente contro Hyllo, riduce Iole alla necessità d'acconsentir più tosto à quelle, che di soffrir lo scempio di questi, il quale riceuuta di ciò nouella, si precipita auanti à gli occhi della madre, (che andaua per consolarlo) disperato nel Mare, mà comparsa l'ombra d'Eutyro alla figlia, e con più ragioni, e particolarmente con la già seguita sommersione d'Hyllo, dissuadendola dal maritarsi con Ercole, vien suggerito alla gelosa moglie da Licco suo seruo, che con la veste lasciatagli già da Nesso Centauro, haurebbe ella potuto annichilare nello spirito del Marito ogn' altro affetto ch'il suo; onde Iole più repugnante che mai di maritarsi con Ercole, appigliandosi anch'es-

ſoit, pour ſauuer Illus qu'elle aymoit. Ses promeſſes font ſuſpendre la reſolution d'Hercule, & pendant qu'il en attend l'execution, il commande à Dejanire de retourner à Callidonie & enuoye ſon Fils priſonnier dans vne Tour enuironnée de la Mer, declarãt à Yole qu'il le fera bien-toſt mourir ſi elle luy manque de parole. Cette menace fait conſentir Yole à eſpouſer Hercule, mais Illus en eſtant aduerty ſe precipite dans la mer aux yeux de Dejanire qui alloit pour le conſoler. L'Ombre d'Eutyre ſe ſert de cet euenement pour diſſuader ſa fille du mariage d'Hercule, en luy faiſant connoiſtre qu'apres la perte d'Illus elle n'a plus rien à ménager. Et Licas ſeruiteur de Dejanire fait ſouuenir ſa Maiſtreſſe que le Centaure mourant luy a laiſſé vne chemiſe dont il l'a aſſeurée que l'effet ſeroit tel, qu'auſſi toſt qu'Hercule l'auroit priſe il n'auroit plus d'amour

ſa à ſimile ſperanza, ſi carica di applicare à ſuo tempo vn tal rimedio, dal cui contatto cagionate poi nel ſemideo furioſe ſmanie, che lo portano à gettarſi nelle fiamme, ſi ſcuopre eſſere ſtato il di lui figlio ſaluato in vita da Nettunno per opera di Giunone, dalla quale venendo appreſſo manifeſtato, come Ercole in vece di arderſi era ſtato da Gioue traſportato al Cielo, e quiui ſpoſato alla Bellezza, e che così libero dalle paſſioni humane, conſentendo egli al matrimonio d'Hyllo, & Iole, haueua ottenuto alle ſue felicità il conſenſo della medeſima Dea, ſeguono parimente le Nozze tra li due amanti.

que pour

que pour elle. Yole qui ne cherchoit qu'à se garentir de ce mariage, reçoit auec plaisir cet expedient & se charge de se seruir de la chemise lors qu'il en sera temps : Mais au moment qu'Hercule en est reuestu, il entre dans vne fureur si violente qu'il se jette luy mesme dans le feu. Cependant l'on découure que Neptune à la priere de Iunon auoit sauué Illus des flots de la Mer, & cette mesme Deesse vient dire de quelle maniere Iupiter a garenty Hercule des flames où il s'estoit exposé, pour le transporter au Ciel & le marier auecque la Beauté, & comment ce Heros dépoüillé des passions humaines, en permettant les Nopces d'Yole auec Illus, a merité qu'elle mesme consentit à le voir heureux.

PERSONAGGI.

Cinthia. Prologo.
Ercole.
Venere.
Giunone.
Hyllo, figlio d'Ercole.
Iole, figlia del Ré Eutyro.
Paggio.
Dejanira, Moglie d'Ercole.
Licco suo seruo.
Pasithea, Moglie del Sonno.
Sonno Personaggio muto.
Mercurio.
Nettunno.
Ombra del Ré Eutyro, Padre d'Iole.
Ombra di Clerica Regina.
Ombra di Leomedonte Ré di Troia.
Ombra di Bussiride.
La Bellezza.
Choro Musico de' fiumi.
Choro Musico delle 3. Grazie.
Choro Musico d'Aure, e Ruscelli.
Choro Musico de' Sacrificanti al sepolcro d'Eutyro.
Choro Musico d'Anime infernali.
Choro Musico di Sacerdoti di Giunone Pronuba.
Choro Armonico de' Tritoni, e Sirene.
Choro muto di Damigelle d' Iole.

PERSONNAGES.

La Lune. Prologue. *M. Meloni.*
Hercule. *M. Piccini.*
Venus. *Mademoiselle Hylaire.*
Iunon. *M. Riuani.*
Hyllus, fils d'Hercule. *M. Giu. Agostino Poncelli.*
Yole, fille du Roy Eutyre. *Mademoiselle Bergerotti.*
Le Page.
Dejanire, femme d'Hercule. *Mademoiselle Ballarini.*
Licas son seruiteur. *M.* Chiarini.
Pasithée, femme du Sommeil *Madamoiselle Bordoni.*
Le Sommeil Personnage muët.
Mercure.
Neptune. *M. Bordigoni.*
Ombre du Roy Eutyre, pere d'Yole. *M. Bordigoni.*
Ombre de Clerique, Reyne. *Mademoiselle de la Barre.*
Ombre de Laomedon Roy de Troye. *M. Vulpio.*
Ombre de Bussiride. *M. Zannetto.*
La Beauté. *Madamoiselle de la Barre.*
Chœur de Musique de Fleuues.
Chœur de Musique des trois Graces. *Madamoiselle Ribera. M. Meloni, & M. Zannetto.*
Chœur de Musique de Zephirs & de Ruisseaux.
Chœur de Musique de Sacrificateurs au tombeau d'Eutyre.
Chœur de Musique d'Ombres infernale.
Chœur de Musique des Sacrificateurs de Iunon Pronube.
Chœur Armonique de Tritons & Sirenes.
Chœur muët des Damoiselles d'Yole.

La Scena rappresenta ne' lati Montagne di scogli sù li quali si vedono giacenti 14. fiumi, che bagnano i Regni e le Prouincie che Sono ò furono sotto la dominatione della Corona di Francia. Nella prospettiua si vede il mare, e nell' aria Cinthia che discende in vna gran Machina rappresentante il di lei Cielo.

PROLOGO.

Choro di fiumi. QVal concorso indouino,
Oggi al Mar più vicino,
Del festoso Parigi
Noi raunò dal gemino Emisfero,
Noi, che del Franco Impero
Vantiamo il nobil giogo, ò i bei Vestigi?

Il Teuere. Ah che mentre la terra
Di lunga orrida guerra
Già dileguati ammira i fati rei
Ne beati Imenei
Di MARIA di LVIGI
Adorna Cinthia di più bei candori
Noi testimoni elesse
Di quei, ch'à spiegar và, Gallici honori.

La Scene des deux costez represente des Montaignes & des Rochers, sur lesquels sont couchez quatorze Fleuues qui ont esté sous la domination des François : Dans le fonds du Theatre se voit la Mer, & dans l'Air la Lune qui descend dans vne Machine qui represente son Ciel.

PROLOGVE.

La Lune. Choeur de Fleuues.

Le Choeur.

QVel destin bien-heureux, ou quelle preuoyance
Nous assemble en ce jour au riuage de France,
Nous qui par cent chemins, & cent climats diuers
Faisons de son grand nom raisonner l'Vniuers.

Le Tibre.

Quand par vn seul Hymen on voit toute la terre
Exempte des malheurs que produisoit la guerre,
Le Ciel de cet Hymen honorant la splendeur
Va du Royal Espoux estaler la grandeur.
Dans ces vastes miroirs sacrez à la memoire,
Où des temps reculez se conserue l'Histoire,
La Lune va monstrer par combien de grands Rois
Passa l'Auguste Sang qu'adorent les François,
Et de ces veritez elle nous veut instruire,
Afin qu'apres par tout nous allions les redire.

Choro. A' i di lei veri accenti
Sù dunque attenti, attenti.
Cinthia. Ed ecco ò Gallia inuitta
I tuoi pregi più grandi, & immortali
Mira del primo Ciel ne' puri argenti
Come in Tempio d'honor lampe lucẽti,
L'Idee delle maggior stirpi Reali.
Di queste il Ciel con ammirabil cura,
E con stupor del Tempo, e di Natura,
1 Scettri à Scettri innestãdo, e fregi, à fregi
La Prosapia formò de' i Frãchi Regi;
Che qual fiume di glorie
2 Da' Monti di Corone, e fasci alteri
Trasse i fonti primieri
3 Et accresciuto ogn' or da copiosi
Torrenti di vittorie,
E da' più generosi
4 Riui di sãgue Augusto 5 oltre gli Achei
6 Per interrotto, e limpido sentiero
Trà margini di palme, e di trofei
7 Inondò trionfante il mondo intero.

NOTÆ D. CAMILLI LILII.

1 DE PRIMA FAMILIA.

Inclite Rex armis, & Regibus edite celsis
Primus & antiquis culmina prima regens.
Venantius Fortunatus ad Regem Chilpericum.

Regibus antiquis respondens nobilis infans.
Idem ad Puerum Dagobertum.

DE 2. FAMILIA.

Legens proauos veteres ab origine Reges.
Anonymus ad Carlum Caluum.

2 Fascibus insignes, & Regum culmine fultæ
Conuenere Domus.
Claudianus in nuptijs Palladij, & Serena seu Celerina.

Vt regnet qui Consul erat.
Sidonius Apollin. Carmine 2.

DE 3. FAMILIA.

Corona capiti imposita decernebat eum auis, & atauis stirpe processisse regia.
Helgaldus Floriacensis in vita Roberti Regis, filij Regis Hugonis Capeti.

3 Posset Triumphalibus adoreis familiæ tuæ defatigari. *Sidonius Apollinaris lib. 7. Epist. 12.*

4 Incipe Cæsareas versemus ab ordine cunas. *Anonimus ad Carlum Caluum.*
Cui Prisca Propago Augustis venit à Proauis. *Sidon. Apollin. Carmine 2.*

5 Pro Achæis Scythis ex quibus posteriores Cæsares.

6 Nitido è sanguine splendor. *Anonimus de Ansberto ad Carlum Caluum.*

7 Per Danubium ad limitem Pannoniæ vsque in Oceani littoribus (custodiente Deo) dominatio nostra porrigitur. *Rex Theodobertus ad Iustinianum Imperatorem.*
De alijs mundi partibus. *Orosius lib. 7 cap. 22. Eutropius lib 9. Sidon. Apoll Carmine 7. Cassiodorus lib 2. Epist. 41. Belga Anonimus in Paregirico Constantini, Procopius lib. 1. de bello Gothico. Erchembertus, Helgaldus Floriacensis, & alij.*

Le Chœur.

Pour la mieux escouter suspendons à la fois
Et le bruit de nos flots & celuy de nos voix.

La Lune.

La Machine où descēdoit la Lune s'ouure & fait voir 15. Dames represētāt 15. familles Imperiales, dont est issuë la Maison de France.

Venez peuples François. Venez vous Demy-dieux,
Esleuez vos regards jusqu'au premier des Cieux,
Et voyez dans son sein viure en despit des Parques
Ces pompeuses Maisons d'où sortent vos Monarques.
C'est pour eux que le Ciel en diuerses saisons
Tira le plus pur Sang de ces grandes Maisons,
Et joignant Sceptre à Sceptre, & Couronne à Couronne,
Forma cette grandeur dont la terre s'estonne;
Ce Sang comme vn torrent de qui les flots guerriers
Ne font naistre en ses bors que Palmes & Lauriers,
Poussant en diuers lieux sa course vagabonde
Auoit en diuers temps inondé tout le monde;

Alfin trà l'auree ſponde
Della Senna guerriera
Fiſsò la Reggia in cui benigna infonde
Grazie à nembi ogni sfera,
Et hor più che mai prodigo
Di contentezze eteree
Ad Ibera beltà Franco valore
Sù Talamo di Pace vniſce Amore.

Choro di fiumi.

Dopo belliche noie
Oh che ſoaui goie!
A' dolcezze ſi rare oltre ogni ſegno
Gallia dilata il cor, nō men, ch'il Regno.

Cinthia.

Mà voi che più tardate inclite Idee?
Vſcite ad inchinare
ANNA la gran Reina,
Che le bell'Alme onde ſperar ſi dee
Che la ſerie diuina
De' voſtri alti Nipoti il Ciel confermi.
Ambo ſono di lei rampolli, e germi.
Vſcite à feſteggiare
Ch'in ſi degna allegrezza à i voſtri balli

Mais

Mais enfin plus tranquile apres ces longs détours,
Dans cette heureuse terre il a borné son cours,
Terre où chacun des Cieux auec mesme abondance
Respend incessamment sa plus douce influance,
Où l'Amour dans vn lit par la Paix apprésté
Vient d'vnir la Valeur auecque la Beauté.

Le Chœur.

Que nous gousterons bien cette douce allegresse
Apres l'ennuyeuse tristesse
Qu'ont produits en ces lieux la guerre & les com-
France dans vn sort si propice, [bats:
Fais que ton cœur s'épanoüisse
Lors que le Ciel estend ta gloire & tes Estats.

LA LVNE, parlant aux Dames qui sont dans la Machine.

Du Ciel où vous brillez depuis cent & cent lustres,
Descendez icy bas, ô Familles Illustres,
Venez rendre en ce jour vn homage éclatant
A cette Reyne Auguste à qui vous deuez tant, La Reyne-Mere.
Qui du couple Royal quasi Mere commune,
Semble seule auoir fait toute vostre fortune,
Et qui les estraignant d'vn Hymen bien-heureux
Vous promet pour jamais d'heroïques neueux:
Venez participer à cette grande Feste
Puisqu'à la celebrer le monde entier s'appreste,
Et que le plus mutin de tous les Elemens
Se retire & fait place aux diuertissemens:

La Mer se retire & laisse libre la partie du Theatre qu'elle occupoit.

Nelle Cerulee Valli
Già cede il campo ossequioso il Mare,
E poiche qual dopo guerrieri honori
Della Beltà fù sposo Ercole al fine,
Tal dopo mille allori
E nel primo confine
Di sua florida etade il Ré de' Galli,
Sù queste scene a i lieti Franchi innante
Per accrescer diletti
Riprenda hoggi i Coturni Ercole aman-
E veda ogn'vn, che desiar non sà [te,
Vn Eroïco valore.
Qui giù premio maggiore
Che di godere in pace alta Beltà.

Choro di fiumi.

Oh Gallia fortunata
Già per tante Vittorie,

Mais cét repos si doux, ces aymables merueilles
LOVYS, *nous les deuons à tes penibles veilles,*
Tes yeux toujours ouuerts au bien de ton Estat
Sont les Astres benins qui forment tant d'esclat;
Car nos celestes feux auec leur influence
Pour de si grands effets ont trop peu de puissance:
Toy seul peux en tout temps dãs ton sublime cours
Donner à l'Vniuers le calme & les beaux jours;
Toy seul peux en tout temps d'vn œil doux & pai-
A tes moindres subjets deuenir accessible, [sible
Pendant que redoutable aux plus puissans des Rois
Tu leur fais respecter & ton Throsne & tes droits:
Toy seul peux en tout tẽps à toy-mesme semblable,
Tantost aux champ de Mars paroistre infatigable,
Puis soudain mesnageant le loisir de la Paix
Reparer tous les maux que la guerre auoit fais,
Et dans tes premiers ans des-ja couuert de gloire
Par vn second Hymen couronner ta victoire.
C'est ainsi que fameux par cét trauaux guerriers
Alcide à la Beauté consacra ses Lauriers;
Car le prix le plus noble & le plus magnifique
Dont se puisse payer la valeur heroïque,
C'est de pouuoir enfin auec tranquillité
Posseder plainement vne rare Beauté.

Le Chœur.

France par tes Lauriers des-ja si fortunée,
Que cette aymable Paix, que ce grand Hymenée

Di Pace, e d'Imenei l'vltime glorie
Ti fanno oltre ogni ſpeme hoggi Beata.
E à fin ch'à tuoi contenti
Gioia ogn' or s'augumenti
Ecco, ch' in tè ſi vede
Alba di noue glorie vn Regio Erede;
Per ſplender più di doppio ſole ornata
Oh Gallia fortunata.

Le dette Idee deſcendono sù 'l palco à danzare, Quindi rientrate nella medeſima machina, Queſta ſi chiude, e le riporta in Cielo.

Te vont fournir encor de ſenſibles plaiſirs,
Et borner doucement tes plus nobles deſirs:
Mais pour comble de biens voy, bien-heureuſe
France,
Que d'vn nouueau LOVYS *la Royale naiſſance*
Vient t'aſſeurer encor pour des ſiecles entiers,
Et cette meſme Paix & ces meſmes Lauriers.

Les Dames deſcendent ſur le Theatre pour danſer vne Entrée de Ballet, & puis rentrent dans la Machine qui les reporte dans le Ciel.

ATTO PRIMO.

La Scena si cangia ne' lati in boscareccia, e nella prospettiua in vn gran paese contiguo alla Città d'Eocalia.

SCENA PRIMA.

Ercole.

Come si beffa Amor del poter mio!
A me cui cede il Mondo
Farà contrasto vna Donzella? (oh Dio!)
Come si beffa Amor del poter mio!
Dunque chi tanti mostri
Vide essangui trofei di sua fortezza
Scempio sarà di feminil fierezza,
E trafitto cadrà da vn van desio?
Come si beffa Amor del poter mio!
Ah Cupido io non sò già
Perche il Ciel soffrir ti deggia?
Di Pluton l'horrida Reggia
Vn di tè più reo non hà.
O di quale empietà
Sacrilego Tiranno ogn'or riempi
Il credulo tuo Regno?
Mentre ne' di lui Tempi
L'adorate Cortine
Di grazia, e di Beltà
Non celano altro alfine

ACTE PREMIER.

LA Scene se change en Bocage des deux costez, qui laissent voir dans le fonds du Theatre vn grand Païs à perte de veuë.

SCENE PREMIERE.

Hercule.

AMour se mocque bien de toute ma puissance!
Moy, qui fier des lauriers acquis par cent exploits,
Vois le monde tremblant se soûmettre à mes loix,
Vne fille me braue & me fait resistance.
Amour se mocque bien de toute ma puissance!
Moy qui vois chaque iour quelque monstre abatu
Eleuer vn trophée à ma rare vertu,
Faut-il qu'atteint d'vn coup qui me couure de honte,
Ie cede sans effort à l'enfant qui me dompte?
Amour, le Ciel te souffre, & je ne sçay pourquoy
Puisque l'enfer n'a rien de si meschant que toy,
Toy, Tyran, qui d'vn culte impie & ridicule
Remplis les cœurs seduits de ton Peuple credule,
Et leur fais adorer par vn charme odieux,
Sous les fausses beautez d'vn sexe imperieux,

Ch' Idoli abomineuoli quà sono
Interesse, perfidia, orgoglio, e sdegno.
Così auuien per Iole
Che l' altar del cor mio
Sparga d'alti sospir malgrati i fumi,
E che vittima infausta io mi consumi.
Ah Cupido io non sò già, &c.

SCENA SECONDA.

Cala dal Cielo Venere con le grazie in vna Machina.

Venere, Ercole, Choro di Grazie.

Venere.

SE Ninfa à i pianti
Di veri amanti
Non mai pieghevole
Niega mercè;
Di ciò colpeuole
Amor non è.

Choro. Se Ninfa a i pianti, &c.

Venere. Scoglio sì rigido
Mostro sì frigido
Non regge il Mar
Ch'amato al pari non deua amar.

Choro. Scoglio sì rigido, &c.

Le caprice

Le Caprice, l'Orgueil, la Fourbe & la Colere,
Malignes Deitez, dont la gloire t'est chere.
C'est toy, cruel, qui fais qu'à demy consumé
Du feu qui dans mon cœur par toy fut allumé,
Insensé que je suis, moy-mesme je m'immole,
Victime malheureuse, à l'insensible Yole.

SCENE SECONDE.

Venus & les Graces descendent du Ciel dans vne machine.

Venus. Hercule. Chœur des Graces.

Venus.

Toutes les fois qu'vne Beauté
Voit d'vn œil impitoyable
La rare fidelité
De l'Amant qu'elle a dompté,
L'Amour n'en est pas coupable.

Chœur des Graces.

Toutes les fois, &c.

Venus.

Il n'est rien d'animé
Sur la terre & sur l'onde,
Qui, s'il est bien aymé,
A l'Amour ne responde.

Chœur.

Il n'est rien d'animé, &c.

Venere. Ogn'Impero hà ribelli,
Transgressori ogni legge
Or come e questi, e quelli
Giusta forza corregge,
Si con soaue incanto
(Ch' al dominio d'Amore
Forza è la più conforme)
Superare à tuo prò spero il rigore
Che maligna fortuna,
Sempre al mio figlio auuersa
D' Iole in sen per tuo tormento aduna,
E godrai de miei detti
Oggi al Giardin de fiori i dolci effetti.

Ercole. O Dea se tanto alle mie brame ottieni
Giusto fia ch' io t'accenda
Tutte d'Arabia l'odorate selue,
E che tutte à te sueni
Dell' Erimanto le zannute belue,
Ch'il Ciel non può versare
De i contenti d'Amor grazie più care.

Venere. Vanne al loco, e m'attendi, e fà ch' Iole
Pur vi si renda pria che manchi il sole,
Ch' io dell' armi prouista
Onde sua ferità vincer presumo,
Preuerrò diligente i di lei passi
Per dispor quiui pria, ch' ella vi giunga
Rouente acuto strale,
Che per te l'arda, e punga.
Strale inuisibile,
Ch' ineuitabile.

Venus.

Les plus grands Roys ont veu leurs villes mutinées,
Les plus augustes Loix ont esté prophanées;
Mais comme tous les jours & les Roys & les Loix
Par vne force juste authorisent leurs droits,
Mon pouuoir va dompter la rigueur importune
Qu'oppose à ton amour ta mauuaise fortune.
Par le secret effort d'vn doux enchantement,
(Effort le moins contraire aux respects d'vn Amant,)
I'abaisseray l'orgueil de l'inhumaine Tole:
Et pour n'esloigner pas l'effet de ma parole,
Sçache que dés ce soir, dans le jardin des fleurs,
J'amoliray son cœur, & secheray tes pleurs.

Hercule.

Si vous accomplissez cette grande promesse,
Ie vous vais immoler tous les Sangliers de Grece;
Et ce que l'Arabie à de bois parfumez
Par moy sur vos autels vont estre consumez,
Car de tant de faueurs que le Ciel nous enuoye
Rien ne nous touche tant que l'amoureuse joye.

Venus.

Va m'attendre au jardin, & sur la fin du jour
Fais y trouuer aussi l'objet de ton amour,
I'y seray deuant elle, & ie me tiendray preste
A faire en ta faueur cette Illustre conqueste.
Ie vais prendre des mains de mon Fils bien-aymé
Le plus fin de ses traits & le plus enflamé,

Tal forza haurà,
Ch' all' insensibile
Piaga insanabile
Imprimerà.
Sù dunque ogni tristezza
Sia dal tuo cor sbandita,
Ch' in amor l'allegrezza
Come al Ciel più gradita
Con più felicità le gioie inuita.

Venere. } *Ercole.* } *A 2.* Fugano à vol
Dal bell' Impero
Del Nume Arciero
Le pene, e 'l duol

Choro. E in lui così
Gioie sol piouino,
E si rinouino
Quegli aurei dì.

Venere. } *Ercole.* } *A 2.* Struggasi il gel
D' ogni fierezza
Ogni amarezza
Il cangi in miel.

Choro. E in lui così, &c.

Ercole. Infelice, e disperato
Mentre mestissimo
Vò notte, e dì,
Qual di bene inaspettato
Raggio purissimo
M' apparì?

La Machina di Venere rimonta al Cielo.

Ah che s'acceso vn cor
Auuien mai che disperi,

Qui sçaura penetrer d'vne atteinte inuisible
L'extresme dureté de ce cœur insensible.
Ne crains donc plus, Hercule, & bannis de ton cœur,
Ce triste & sombre amas de peine & de langueur,
Car enfin l'allegresse est aux Cieux agreable,
Et semble attirer d'eux vn sort plus fauorable.

Venus & Hercule.

Bannissons promptement
De l'amoureux empire
La peine & le martyre;
Que le cœur d'vn Amant
Desormais ne soûpire
Que de contentement.

Chœur.

Que le cœur, &c.

Venus & Hercule.

Faisons que mille amours
Tiennent en esclauage
Le plus altier courage,
Et que ces heureux jours
Qu'on vit au premier aage
Renaissent pour toûjours.

Chœur.

Et que ces heureux, &c.

Hercule.

O Dieux! quel prompt secours, contre toute apparence,
Au fort de mon malheur, m'a rendu l'esperance.

Non sà come in Amor
Con sourano poter fortuna imperi,
Di tal Nume alla possanza
Nulla inuincibile
Già mai si dà
Egli ogn'hor con gran baldanza
Fin l'impossibile
Ceder fà.
Choro. Ah che s'acceso vn cor, &c.

SCENA TERZA.

Giunone.

Nel resto de' nuuoli di detta Machina essendo ascosa Giunone, Questa si discuopre assisa in vn gran Pauone.

E Vuol dunque Ciprigna,
Per far contro di me gl'vltimi sforzi
De più pungenti oltraggi,
Fauorir chi le voglie hebbe si intese
Ad offendermi ogn' hora,
Che ne gli impuri suoi principi ancora
Prima d'esser m'offese?
Chi pria di spirar l'aure
Spirò desio di danneggiarmi, e doppo
Hauer dal petto mio
Tratti i primi alimenri al viuer suo
Con ingrata insolenza
D'vccidermi tentando osò ferirmi?
Ah ch' intesi i disegni
Mà non fia ch'à disfarli altri m'insegni.
Di reciproco affetto
Ardon' Hyllo, & Iole,
E sol per mio dispetto
L'iniqua Dea non vuole,

Ha! que l'Amant qui perd tout espoir d'estre aymé,
Des changemens d'Amour est bien mal informé!

La Machine de Venus remonte au Ciel, & dans les nuages qui la suiuent Iunon cachée se descouure peu à peu, & paroist assise sur vn Paon.

SCENE III.

Iunon.

VEnus croit donc que j'aye assez peu de courage
Pour souffrir laschement que l'on me fasse outrage;
Et peut s'imaginer qu'il luy sera permis
D'éleuer vn Tyran chef de mes ennemis?
Elle protege Alcide, & sçait que sa naissance
A mes chastes amours fit vne indigne offense,
Et que tenant de moy son immortalité,
Luy-mesme a sur mes jours follement attenté.
Mais je sçay leur dessein, & je vay les confondre;
A la flame d'Illus Yole a sceu respondre,
Et prés de leur Hymen Venus veut l'empescher,
Moins pour plaire au Tyran qu'afin de me fascher,

Ch' Imeneo li congiunga? anzi procura
Per mio ſcorno maggiore,
Ch' il nodo maritale ond' è riſtretto
Ercole à Dejanica alfin ſi rompa;
A ciò ch' Iole à queſti
Del di lei Genitore empio homicida
Con moſtruoſi ampleſſi oggi s'inneſti.
E con qual' arte oh Dio? con arti indegne
D'ogni anima più vil non che diuina.
Mà in Amor ciò ch' altri fura
Più d'Amor gioia non è.
E vn inſipida ventura
Ciò ch' egli in dono, ò ver pietà non diè.
In Amor ciò ch' altri fura
Più d'Amor gioia non è.
Se non vien da grata arſura
Volontaria all' altrui fè
Cangia à fatto di natura
Come d' odio condita ogni mercè.
In Amor, &c.
Mà che più con inutili lamenti
Il tempo ſcarſo alla difeſa io perdo?
Sù portatemi ò Venti
Alla Grotta del Sonno, e d'Aure infeſte
Corteggiato il mio Tron verſi per tutto
Pompe del mio furor fiamme, e tempeſte.

Giunone parte e fà cader dalle nuuole della ſua Machina, tempeſte e fulmini che formano vna danza per fine del Primo Atto.

Fine del primo Atto.

Mais par quel art, ô Dieux! par vne vile addresse
Dont le moindre mortel blasmeroit la bassesse:
Vn plaisir derobé n'est plaisir qu'à moitié,
Et lors que ce n'est point l'amour ou la pitié
Qui rend vn cœur altier à nos vœux fauorable,
C'est peu pour satisfaire vn amour veritable.
Mais faut-il en discours perdre vn temps precieux?
Vents, venez me porter en ces paisibles lieux,
Où libre des soucis dont l'ame est agitée
Le Sommeil se repose au sein de Pasithée:
Partons, & qu'entouré de malignes clartez
Mon thrône foudroyant verse de tous costez
Des éclairs allumez, des tempestes groudantes,
De ma juste fureur les marques éclatantes.

Iunon retourne au Ciel, & des nuages qui l'enuironnent elle fait tomber des tempestes & des foudres, qui font la troisiesme Entrée du Ballet, & finissent le premier Acte.

Fin du premier Acte.

ATTO SECONDO.

La Scena si cangia in vn gran Cortile del Palazzo Reale.

SCENA PRIMA.

Hyllo, & Iole.

Hyllo.
Iole. } *A 2.* AMor ardor più rari
Accesi mai non hà,
Che quelli onde del pari
Le nostre Alme disfà
D'auuerso Ciel le lampe
Contro di lui si sforzino,
Ch'in vece, che l'amorzino,
L'arricchiran di vampe.

Iole. Pure alfine il rispetto
Di figlio al genitor fià ch'in tè cangi
Sì amoroso linguaggio.

Hyllo. Che più tosto il tuo affetto
Non renda anch'egli al forte Alcide omaggio.

Iole. Ah che forzar vn Core
Nol' puote altri ch'Amore;

Hyllo. E di riuale il titolo odioso
Qualunque altro bel Nome,
Che concorra con lui, rende otioso;

ACTE SECOND.

La Scene represente la cour d'vn grand Palais.

SCENE PREMIERE.

Illus, & Yole ensemble.

AMour n'a iamais eu de semblables douceurs
A celles que dans nos cœurs
Il verse incessament d'vne égale mesure:
Que jaloux de nostre auanture
Le Ciel tonne, & grondant sur nos chefs bien-heureux,
Allume l'air troublé de mille éclairs affreux,
Loin d'esbranler vne amitié si pure
Il en augmentera les feux.

Yole.

Mais ie crains toutesfois dans l'heur que ie possede,
Qu'au respect paternel vostre amitié ne cede.

Illus.

Je dois craindre plustost que ce puissant vainqueur,
Comme il peut tout dompter, ne dompte vostre cœur.

Yole.

Vous sçauez que des cœurs Amour seul est le maistre.

Illus.

Resistez donc, Madame, & vous allez connoistre
Qu'vn pere, mon riual, par ce nom plein d'aigreur
A corrompu du sang la force & la douceur.

Vna ſol vita il Genitor mi diede,
E per te, che mia vita
Molto più cara ſei
Mille vite darei.

Iole. E per tè ſol mio bene,
All' empio vſurpator contenta i' cedo
Il Regno, e 'l mondo tutto, e te ſol chiedo.

A 2. Gare d'affetto ardenti
Deh' non cedete a i guai;
E nel goder non vi ſtancate mai,
Che de' voſtri augumenti
Nell' vguaglianza ſol tutta ſi ſtà
L'amoroſa felicità.

SCENA SECONDA.

Paggio, Iole, & Hyllo.

Paggio. ERcoſe à dirti inuia, ch'altro non bada,
Che di ſaper, ſe nel Giardin de' fiori
Di condurti à diporto oggi t'aggrada.

Iole. Come fià, che ciò nieghi?
D'vn che ſoura di me le ſtelle alzàro
Son comandi ancò i prieghi.

Hyllo. Ahi qual torbido, e amaro
Velen preſaga Geloſia m'appreſta,
Di cui ſolo il timor già mi funeſta.

Iole. Non temere Hyllo caro:
Che non potrà mai violenza ardita
Togliermi à tè, ſenza à mè tor la vita.

Si la vie est vn bien que ie tiens de mon Pere,
La gloire d'estre à vous m'est mille fois plus chere;
Vne fois seulement il m'a donné le jour,
Ie le perdrois cent fois pour gagner vostre amour.

Yole.

Et pour vous seul aussi sans peine j'abandonne
A cet vsurpateur mes biens & ma couronne.

Illus, & Yole ensemble.

Reciproques & doux transports
D'vne passion violente,
Que du sort ennemy les plus rudes efforts
Ne vous donnent point d'épouuante;
Et que des biens d'amour l'excessiue douceur
Vous laisse toute vostre ardeur.

SCENE II.

Illus, Yole, vn Page.

Yole.

P*age, que voulez-vous?*

Le Page. *Hercule qui m'enuoye,*
Demande s'il pourra se promettre la joye
De vous parler ce soir dans le jardin des fleurs?

Yole, à Illus.

Puis-je le refuser?

Illus. bas. *Ha! mortelles douleurs!*

Yole, au Page.

Puisqu'il a dans ces lieux vne puissance entiere,
Comme vn ordre absolu je reçois sa priere.

Hyllo. E quando anche in tal guiſa
Ogn'vn meco ti perda amato Bene,
Qual miglior ſorte haurò, che cangiar pene?

Iole. Da ſi graue timor l'Alma diſuezza,
Che quanto Ercol per me paleſa affetto,
Tant'hà riſpetto, ed io per tè fermezza.
Torna, dilli, ch'io vado: Hyllo vien meco.

Hyllo. E quando io non ſon teco?
Se douunque il mio piè giri, ò la mente
T'adoro ogn'hor preſente.
Chi può viuere vn ſol' inſtante
Lunge dal Bello che l'inuaghì,
Dica pur, ch'in lui morì
Ogni pregio di vero Amante;
D'amore il foco
Per ogni poco
Ch' intiepidiſcaſi giaccio diuiene,
E le di lui catene
Più ſtrettamente auuolte
Ogni poco, che cedano, ſon ſciolte.

Iole. O gloria
D'Amor più nobile
Con fede immobile
Sempr' arder più;
Memoria
Non mai vi fù,
Che la Vittoria
Mancaſſi tù.
Si ſciogliono
Qual' hor gl'inſtabili

Illus.

Ha! jalouse fureur, dont le terrible abord
Semble dés ce moment me presager la mort!

Yole.

Auant qu'à vostre amour Yole soit rauie,
Elle perdra cent fois & le sceptre & la vie.

Illus.

Mais en seray-je mieux quand vous ne serez plus?

Yole.

Illus, rasseurez-vous, vos soins sont superflus,
Quoy que vostre Riual ait l'humeur violente,
Il est respectueux, & moy je suis constante.
Va, dis-luy que j'y vais. Vous, Illus, suiuez-nous.

Illus.

Helas! je ne puis estre vn seul moment sans vous,
Et si-tost qu'vn instant vous dérobe à ma veuë,
Mon cœur suit la beauté que mes yeux ont perduë.
Celuy qui peut viure vn moment
Loin du bel objet qui l'enflame,
Ne doit plus s'appeller Amant;
Et l'amoureux embrasement
Dés qu'il s'allentit en nostre ame,
S'esteint apres bien promptement.

En amour, la gloire suprême
Est à suiure ce que l'on ayme
Toûjours de plus en plus asseruy sous sa loy;
Et dans les doux combats, que ce Dieu nous apreste,
On ne manque point de conqueste
Que lors qu'on a manqué de courage ou de foy.

Rei più dannabili
Amor non hà
Lo spogliono
Di Deità
Poiche gli togliono
L'eternità.

SCENA TERZA.

Paggio.

E Che cosa è quest' Amore?
Di cui parlan tanto in Corte,
E canzon di mille sorte
Di lui cantano à tutt' hore.
Egli è qualche Ciurmadore
Poi che à quel, che sento dire
(Senza punto intender come)
Mentre à stille dà il gioire
E il penar dispensa à some,
Fassi il Mondo adoratore
Egli è qualche Ciurmadore.
Di vederlo ebbi gran brame
Mà poi seppi, ch' è inpossibile,
Ch' egli sia già mai visibile
Perche sempre, è con le Dame,
E che queste al finger dotte
Si lo tengano celato,
Come s' ei stesse appiattato
Dentro le Cimmerie Grotte.

SCENE III.

Le Page.

QVel est donc cet Amour dont on parle sans cesse,
Et pour qui tout le monde à la Cour s'interesse?
Cet imposteur malin seduit tous les esprits;
Qui, sur ce qu'on en dit, l'a iamais bien compris?
Vn mesme cœur, dit-on, le cherche & le redoute.
Il ne verse jamais les biens que goute-à-goute,
Et respand à grands flots les peines & les pleurs;
Et cependant par tout a des adorateurs;
Ie brusle de le voir, mais c'est chose impossible,
Car il a le secret de se rendre inuisible;
Jamais de le trouuer on n'est bien asseuré;
Le beau sexe où l'on croit qu'il se soit retiré
Nous le cache sans cesse auecque tant de ruse,
Que souuent le cherchant le plus adroit s'abuse.

SCENA QVARTA.

Dejanira, Licco, Paggio.

Licco. BVon dì gentil Fanciullo ?
Paggio. E buona notte.
Licco. Mà doue in tanta fretta ?
Paggio. A far da gran Messaggio.
Licco. Ascolta vn poco, aspetta;
Che sò quai possa hauer faccende vn Paggio.
Paggio. E che tu sai? ch' Iole
Ad Ercole.
Licco. T' inuia.
Paggio. Si affè m' inuia;
Licco. A dirgli.
Paggio. E vero à dirgli.
A 2. Ch' al giardino de' fiori
Ella si renderà com' ei desia.
Paggio. Sei tu qualche indouino ?
Licco. E ben famoso,
Ch' in simil guisa à me nulla è nascoso.

SCENE IV.

Dejanire. Licas. Le Page.

Licas.

BOn jour, le beau garçon.

Le Page. *Et bonne nuict.*

Licas. *O Dieux!*

Pourquoy si promptement t'éloigner de ces lieux?

Le Page.

Ie suis pressé d'aller pour chose d'importance.

Licas.

Tu nous refuserois vn moment d'audience?

Le Page.

Oüy, car l'affaire presse, & je sçay mon deuoir.

Licas.

Ie sçay bien quelle affaire vn Page peut auoir.

Le Page.

Quoy? tu pourrois sçauoir qu'Yole auecque joye
Vers Alcide.

Licas. *T'enuoye.*

Le Page. *Oüy sans doute m'enuoye.*

Licas.

Luy dire.

Le Page. *Il est tout vray, luy dire.*

Tous deux ensemble. *Que ce soir*
Dans le jardin des fleurs elle veut bien le voir.

Le Page.

Mais estes vous deuin?

Licas. *Ma science est si belle*
Qu'il n'est point de secret qu'ainsi je ne reuele.

Dejanira. Ah crudo, ah disleale;
Ah traditore, ingrato,
Ah scelerato, & empio
Dell' Amor congiugale
Trà noi tanto giurato
Qui dunque hai scelto il luogo à farne scempio?
Ah Dejanira ogni ristor dispera,
Ch' à morir di dolor sei destinata.

Paggio. Che? cotesta straniera
Anch' essa è innamorata?

Licco. Così mi dice, mà d'Amor ben vero
Come saggio io non credo;
Ch' a gli huomin poco, & alle donne vn zero.

Paggio. Basta per questa Corte ogn' or volare
Si vede vn si gran numero d'amori,
Che non habbiamo à fare,
Che ne vengan di fuori.
Ama Hyllo Iole riamato, e l'ama
Ercole assai maluisto, ama Nicandro
Licori, e questa Oreste, e Oreste Olinda;
E Olinda, e Celia scaltre
Aman le gemme, e l'oro,
E Niso, & Alidoro aman cent' altre.

Dejanire.

Hercule, ingrat Espoux, impie & déloyal,
C'est ainsi que tu romps ce lien coniugal,
Qu'vne fidelité cent & cent fois iurée
Deuoit rendre entre nous d'éternelle durée?
Helas! n'esperons plus de voir finir nos pleurs,
Mon sort est de mourir au milieu des douleurs.

Le Page.

Cette Estrangere encor sent l'amour de ses flames.

Licas.

Elle le dit, mais moy qui connois bien les femmes,
Je croy que de ce feu dont on se plaint par tout
Les hommes en ont peu, les femmes point du tout.

Le Page.

Il est dans cette Cour des amours à douzaines,
Sans qu'il en vienne encor des Prouinces lointaines;
Car Illus ayme Yole, & d'Yole est aymé;
Auec moins de succés Hercule en est charmé;
L'ingrate Lycoris, de Nicandre adorée,
Ayme le jeune Oreste à la tresse dorée;
Cet Oreste ayme Olynde & pour elle est constant;
Mais Olynde & Celie ayment l'argent comptant;
Alidor & Nisus d'vne humeur plus volage
A cent autres beautez tous les iours font hommage.

Licco. E per che hà in odio Iole
Ercole ?
Paggio. Perche vccise Eutyro :
Licco. Et ama
Il figlio poi di chi gli vccise il Padre ?
Hà la pianta in horrore, & ama il frutto ?
Che vuoi giocar ch' io sò
La ragion che di ciò
Ella in se couane ?
Vn d'essi è troppo adulto, e l'altro è giouane.
Paggio. Fin da principio Iole ardea per Hyllo
Onde per compiacerla
Le già date promesse
Delle nozze di lei ritolse Eutyro
Ad Ercole, ch' al fin si mal soffrillo,
Ch' vna tal dalla figlia opra gradita
All' infelice Ré costò la vita.
E tù, ch' il tutto sai
Non sai, ch' Ercol' m'attende ? e ch'egli è amante ?
E che fra quanti mai
Ardono al mondo d'amorosa fiamma
Non v' è di pazienza vna sol dramma.

Licas.

Mais pourquoy donc Yole a-t'elle auersion
Pour Hercule qui l'ayme auecque passion?

Le Page.

Elle ne peut aymer l'assassin de son Pere.

Licas.

Si de la mort d'Eutyre elle a tant de colere,
Peut-elle aymer Illus fils de son assassin?
Ie voy bien le secret qu'elle cache en son sein,
Et le Pere & le Fils sont vers elle coupables,
Mais tous deux ne sont pas également aymables;
Et le Pere a des-ia passé ses plus beaux ans
Quand à peine le Fils entre dans son Printemps.

Le Page.

Illus fut de tout temps le bien-aymé d'Yole,
Et ce fut pour complaire à cette amour friuole
Qu'Eutyre, vn peu trop tendre, osa rompre l'accord
Qui d'Alcide à sa Fille auroit vny le sort,
Ce qu'Alcide souffrit auec tant de furie
Qu'au malheureux Eutyre il en cousta la vie.
Mais vous qui sçauez tout, vous deuez bien sçauoir
Qu'Hercule qui m'attend, brusle de me reuoir,
Et qu'entre les vertus dont vn amant se pare
Touiours la patience a paru la plus rare.

SCENA QVINTA.

Dejanira, Licco.

Dejanira. MIsera, oimè, ch' ascolto
Non sò, se più gelosa
Esser dea come Madre, ò come sposa;
Che commune è 'l periglio
Allà mia fede congiugale, e al figlio;
Almen con soffrir l'vno
Schiuar l'altro potessi: oh Dio qual sorte
Prefisse iniquo fato a i miei Natali
Ch' io soffra à doppio i mali
Ne per schiuarne alcun basti mia morte.
O presagi funesti:
Ercol spirti non hà, se non feroci,
E non serian già questi
I di lui primi parricidi atroci.
Come mal mi lasciai
Strascinar da' miei guai
A queste Eubee contrade,
Oue il destin mi fabricò l'Inferno:
Ora, ahi lassa, discerno
Quanto meglio era entro le patrie mura
Di Calidonia sospirar piangendo
Miei dubbi oltraggi, che con duol più horrendo
Esserne qui sicura,

SCENE

SCENE V.

Dejanire. Licas.

Dejanire.

DIeux! que viens-je d'oüir? le croiray-ie de vous,
Trop chery mille fois, & trop ingrat Espoux?
En quelle qualité dois-ie estre plus ialouse,
Comme Mere d'Illus, ou comme vostre Espouse?
Car vostre noueau feu met en peril esgal
Le salut de mon fils & le nœud coniugal;
Que de ces deux grands maux qui composent ma crainte;
Ne puis-ie en souffrant l'vn, fuïr de l'autre l'atteinte!
Mais l'vn s'attache à l'autre, & dans mon triste sort
Ie ne les sçaurois mesme esuiter par ma mort.
Hercule est violent, & son cœur sanguinaire
N'esteint que dans le sang l'ardeur de sa colere.
Ha! que mal à propos mon amour curieux,
Pour m'accabler d'ennuis, m'a conduite en ces lieux!
Et qu'il m'estoit plus doux d'estre en Grece à me plaindre
Des malheurs incertains que l'absence fait craindre,
Que d'errer vagabonde, & par tant de trauaux
Me venir plainement asseurer de mes maux.

Ahi ch' amarezza
Meschina me,
E la certezza
Di rotta fè!
Ahi come; oimè,
La Gelosia
Di furie l'Erebo impouerì.
E l'alma mia
Ne riempì.
S'in Amor si raddoppiassero
Tutti i guai, tutti i tormenti,
E ch' in lui solo mancassero
I sospetti, e i tradimenti
Fora Amor tutto dolcezza;
Ahi ch' amarezza, &c.

Licco. Ah fù sempre in Amor stolto consiglio
Il cercar di sapere
Punto di più, che quel basta à godere,
Copron l'indiche balze
Sotto aspetto villan viscere d'oro;
Mà ben contrario affatto
L'amoroso terreno
Sotto vna superficie pretiosa
Sol cattiua materia hà in sè nascosa.
Onde chi vuole in lui
Gir sçauando tal' or con mesta proua
Più s'inoltra à cercar peggio ritroua;
Ben lo dicea, che noi sariam venuti
A incontrar pene, e rischi:
Ah che d'Ercole irato
Qualche stral ben rotato

Que nous ſentons vn mal extrême,
Quand auecque trop de clarté
Noſtre ame, de l'obiet qu'elle ayme,
Voit toute l'infidelité!

Qu'Amour de tous les cœurs ſouſmis à ſon empire
Redouble inceſſamment la peine & le martyre,
S'il en oſte la fourbe & les ſoupçons ialo...
L'Amant le moins heureux ſera contraint de dire
Que l'empire d'Amour eſt doux.

Licas.

En amour c'eſt toûiours vn deſſein temeraire
De vouloir plus ſçauoir que ce qui nous peut plaire,
Si les Monts Indiens ſous vn aſpre dehors
Cachent des veines d'or les precieux threſors,
L'Amour tout au contraire abuſant l'eſperance
Couure cent maux cachez d'vne belle apparence,
Et qui dans ſon ſecret veut aller trop auant,
Deuient plus malheureux, plus il deuient ſçauant.
Ie vous l'auois bien dit, qu'en ce maudit voyage
La peine & les dangers ſeroient noſtre partage.
Dieux! ie croy que deſ-ia i'entens autour de nous
Siffler les traits mortels que lance voſtre Eſpoux.

Parmi ſentir, ch' intorno à me già fiſchi.

Dejanira. Ah Licco il cor ti manca, ohimè, che fià
Di me ſenza il tuo ajuto?

Licco. Ah Dejanira:
Dunque, dunque tù temi?
Io non hò già pauura.

Deianira. E in tanto tremi.

Licco. Mà vè; poiche nel mondo
Ogni coſa hà miſura;
Forz' è che l'habbia ancor la mia brauura
E ſi come trà quelli,
Che fè nemico Ciel ſenza danari
Chi hà quattro ſoldi è ricco:
Così per brauo io ſolamente ſpicco
Fra tutti quanti li poltron miei pari.

Dejanira. Dunque che far dourem?

Licco. N' han già cangiati
In guiſa tal queſti abiti villani,
Che ſe guardinghi andremo
Ad altro non potrà, ch' alla fauella
Ercole riconoſcerne: per tanto
Auuertir ne conuiene
Che qualche beffa, ò crocchio
(Grazie, ch' alli ſtranier verſa ogni Corte)
Non c' irriti à parlare, e di tal ſorte
Farem la guerra all' occhio.

Dejanire.

Quoy donc dans le besoin ton courage s'estonne,
Que deuiendray-ie, helas! si Licas m'abandonne.

Licas.

Hercule aux plus vaillans a donné de l'effroy,
Et vous le redoutez peut-estre autant que moy.

Dejanire.

Ie le tesmoigne moins,

Licas.

Mais par nostre industrie,
Madame, s'il se peut esuitons sa furie.

Dejanire.

Dis donc, que ferons-nous?

Licas.

Ces habits villageois
Nous desguisent si bien, que rien que vostre voix
Ne nous peut descouurir aux yeux d'Hercule mesme;
C'est pourquoy nous deuons auec vn soin extresme
Garder qu'aucun affront, ny mauuais traitement,
Graces qu'aux estrangers on donne largement;
Ne nous fasse eschapper à trop d'impatience
Et nous oblige enfin à rompre le silence.

SCENA SESTA.

La Scena si cangia nella grotta del Sonno.

Pasithea, il Sonno, Coro d'Aure, e Ruscelli.

Patsihea. MOrmorate
O' fiumicelli
Sussurate
O Venricelli,
E col vostro susurro, e mormorio
Dolci incanti dell' oblio,
Ch' ogni cura fugar ponno
Lusingate al sonno il Sonno.
Chi da ver' ama
Viè più il diletto
Del caro oggetto
Che 'l proprio brama,
Quind' è ch' io posi
La notte, e 'l die
Le contentezze mie
Del Consorte gentil ne' bei riposi.
Mormorate
O fiumicelli, &c.

Choro. Dormi, dormi, ò Sonno dormi
Fra le braccia à Pasithea
Ninfa hauer non ti potea
Più d'affetti à tuoi conformi:
Dormi, dormi, ò Sonno dormi.

SCENE VI.

La Scene represente la grotte du Sommeil.

Pasithée, le Sommeil, Choeur de Zephirs & de Ruisseaux.

Pasithée.

MVrmurez, ô Ruisseaux, & vous charmans Zephirs;
Par le doux bruit de vos soupirs,
Esloignez tout soucy du bel obiet que i'ayme,
Et flatez le sommeil du Dieu du Sommeil mesme:
Quand nous aymons sincerement,
Nous pensons toute nostre vie
A chercher le contentement
Du bel obiet qui fait nostre tourment;
Plus qu'à contenter nostre enuie.
C'est ainsi que ie mets mon plaisir le plus doux
Dans le profond repos de mon aymable Espoux.

Choeur.

Dans le beau sein de celle qui t'adore
Repose, heureux Espoux, & dors tranquilement,
Il seroit mal-aisé d'en trouuer vne encore
D'vne humeur si conforme à ton temperament:

Dormi, dormi, ò Sonno dormi
Soura à te gli amori istessi
Lente mouano le piume;
E al tuo cor placido Nume,
Gelosia mai non appressi
De' suoi rei sospetti i stormi
Dormi, dormi, ò Sonno dormi.

SCENA SETTIMA.

Cala Giunone dal Cielo.

Giunone, Pasithea, il Sonno, Choro d'Aure, e Ruscelli.

Pasithea. O Dea sublime Dea,
E qual nuouo desio
A quest' umile albergo oggi ti mena?
Giunone. Zelo dell' honor mio
E della fede altrui
A me già sacra, e da sacrarsi, à cui
E frodi, e violenze altri prepara,
Onde per fare à ciò schermo innocente
Sol per vna breue hora
Di condur meco il Sonno vopo mi fora.
Pasithea. Ohimè di nuouo esporre
Di Gioue all' ire ogni mio ben vorrai?
Nò, ciò non fià più mai.
Giunone. Non temer Pasithea,
Che solo è mio pensiero
Di valermi di lui con men che Numi
Di già soggetti al di lui pigro impero.

Que

Que d'vne aiſle lente & diſcrete
Les Amours voltigeans craignent de t'eſueiller;
Que la Ialouſie inquiete
Loin de toy pour iamais te laiſſe ſommeiller.

SCENE VII.

Iunon deſcend du Ciel.

Iunon. Paſithée. Le Chœur.

Paſithée.

QVelle auanture donc impreueuë & nouuelle,
Grande Reine des Cieux, icy bas vous appelle?

Iunon.

Pour vn beſoin preſſant, ô Nymphe, accorde-moy
Que i'emmeine vn moment ton Eſpoux loin de toy;
Il y va de ma gloire, il y va de defendre
Vne ieune beauté qu'on s'appreſte à ſurprendre.

Paſithée.

Quoy? de nouueau ce bien qui m'eſt ſi precieux,
L'expoſer au courroux du plus puiſſant des Dieux?

Iunon.

Non, non, ſi du Sommeil i'emprunte l'aſſiſtance,
C'eſt contre des mortels ſouſmis à ſa puiſſance.

Pasithea. E di ciò m'assicuri?

Giunone. S'ancor vuoi che te'l giuri
Su 'l Germano di lui lo Stigio Lethe.

Pasithea. Basta Giuno: quiete
Son già mie voglie al tuo desir sourano.

Giunone prẽde nel suo carro il Sonno e parte.

Giunone. Porgilo dunque à mè, Diua, pian piano,
Dell' amorose pene
Sospirato ristoro,
Vital dolce tesoro,
Ch' il mondo più che Cerere mantiene
Dal neghittoso speco
Soffri di venir meco,
Ch' Amore hoggi dispone
Contro l'empia insolenza
Di straniera potenza
Della sua libertà farti campione.

Tutti. Le rugiade più pretiose
Tuoi papaueri ogn' or bagnino.
E per tutto gigli, e rose
Co' lor aliti t'accompagnino.

Pasithea. Vanne, e fà breue dimora,
Che s'il tuo tardar noioso
Ad ogn' vn tanto è penoso,
Che sarà per chi t'adora?
Et Amore hà ben la gloria
Di saper nel Sonno ancora
Tener desta la memoria.

Tutti. Le rugiade più pretiose
Tuoi papaueri ogn' or bagnino, &c.

Li sogni giacenti per la grotta formano sognando la 4. danza per fine del 2. Atto.

Pasithée.

Puis-ie m'en asseurer?

Iunon. *Ie te le iure.*

Pasithée. *Hé bien,*

Vostre desir, Deesse, est secondé du mien.

Iunon.

Sus donc, tout doucement souffre que ie le prenne.
Vien, cher soulagement de l'amoureuse peine;
Vien, doux thresor de vie, & consens que l'Amour
Dans vn combat fameux te choisisse en ce jour
Pour defendre ses droits & vanger sa puissance;
Qu'attaquent à la fois l'art & la violence.

Le Chœur.

Que de perles & de rubis
Tes Pauots arrosez tous les iours reuerdissent;
Et que les Roses & les Lys
Te parfument par tout & sous tes pas fleurissent.

Pasithée.

Va donc, mon cher Espoux, mais reuiens promptement;
Car si tout autre souffre en ton retardement,
Voy quel sera l'ennuy de celle qui t'adore;
Souuiens-toy du beau feu qui pour toy me deuore;
Et nous fais voir qu'Amour a droit d'entretenir,
Mesme dans le sommeil, vn vif ressouuenir.

Iunon emmeine dans son Char le Sommeil, & les Songes qui estoient couchez dans sa grotte se leuent & font la quatriesme Entrée du Ballet, & la fin du second Acte.

ATTO TERZO.

Si cangia la Scena in vn Giardino d'Eocália, e Venere cala dal Cielo a terra, in vna nuuola che ſpariſce.

SCENA PRIMA.

Venere, Ercole.

Venere. Sol s'inarcan gli Emisferi
Per ſtupor
Che trouar l'Inferno io ſperi
Più corteſe hoggi, ch'Amor,
Mà per me fin dalla cuna
Fù geloſo ei del ſuo imper,
E vi ſoffre di fortuna
Il tyrannico voler,
Che timor non gli arreca,
Compagnia nel regnar pur che ſia cieca.

Ercole. E per me cangi ò Dea
Le delitie del Ciel con queſto ſuolo?
Ed'or perche non manda
La palude Lerneà
E la Selua Nemeà
Nou' Idre, altri Leoni à far qui meco
Glorioſi contraſti,
Onde à tè formi ò Dea grati olocauſti?

ACTE III.

La Scene se change en vn Iardin, & Venus descend du Ciel dans vn nuage qui disparoist incontinent.

SCENE PREMIERE.

Venus. Hercule.

Venus.

LE Ciel s'estonne, & ne sçauroit comprendre,
Pour quel sujet ie puis attendre
Des Dieux de l'Infernale Cour
Plus de faueur que de l'Amour;
Mais ce petit Ingrat, qui de moy prit naissance;
Pour moy seule ialoux de son authorité,
Partage souuent sa puissance
Auecque la Fortune, aueugle Deïté,
Et ne veut prendre confiance
Qu'en ceux qui comme luy sont priuez de clarté,
Et comme luy despourueus de constance.

Hercule.

Deesse, en ma faueur vous honorez ces lieux
Du plus brillant esclat dont se parent les Cieux:
Monstres, en ce transport d'vn respect legitime,
Naissez pour deuenir de Venus la victime.

Venere. Pur ch'io giunga à cangiar nel crudo seno
D'Iole il core, e te lo renda amante
Nè trarrò tal piacere,
Che fia d'ogni opra mia premio bastante,
Mira quest' è la Verga onde fà Circe
Magiche marauiglie;
Al di cui moto vbbidienti ancelle
Per patto inalterabile son tutte
De lidi Acherontei l'anime felle
Hor' in virtù di sì potente stelo
Doue tocco la terra
Nascerà seggio erboso in cui riposte,
Dà spiriti lasciui à ciò costretti.
Le Mandragore oscene
Di pallido color la Lidia pietra
E d'amorose Rondinelle i cori
Faran, ch' Iole, allor, ch' in lui s'assida
Cangi per te il suo sdegno in dolci amori.

Nasce di sotto terra la sedia incantata fata di herbe è di fiori.

Ercole. Diua ad opre si rare
Insolito tremor tuto mi scuote,
E poi ch' esser non puote
Timor (da mè non conosciuto ancora)
Forz' è che sia per inspirar superno;
Di futuro gioir presagio interno.
Mà pur nel pensier mio sceman di pregio
Quelli, ch' à mè prometti
Sospirati diletti,
Qual hor lasso m'auueggio
Ch' à far miei dì giocondi
Tratte non fian tai gioie.
Dal mar d'Amor, mà da gli stigij fondi.

Venus.

Si ie te puis liurer le bien que tu pretens ;
Ma gloire est satisfaite, & mes desirs contens.
Regarde cette verge en miracle fèconde,
Qui soûmet à Circé l'Empire du bas monde,
Et fait mouuoir, soûmis à ses commandemens,
Tous les Dieux sousterrains & tous les Elemens.
Par son diuin pouuoir cette verge enchantée
Va par ma main puissante en cet endroit portée,
Produire vn siege herbeux, où par force excitez
Les Demons amoureux viendront de tous costez,
Y porter à l'enuy les pierres & les plantes
Qui iettent dans les cœurs des flammes violentes
Afin que leur secrette & necessaire ardeur
D'Yole en vn moment dissipe la rigueur.

Il naist de la terre vn siege enchanté couuert d'herbes & de fleurs.

Hercule.

Parmy tant de faueurs que ta bonté m'octroye,
Quel tremblement m'agite, & se mesle à ma ioye ;
Sans doute la frayeur ne l'a pas prouoqué,
Elle de qui iamais ie ne fus attaqué ;
Ce subit changement n'est qu'vn secret augure
Du bien heureux succés qu'aura cette auanture ;
Mais enfin quelque ardeur dont mon cœur soit surpris,
Le plaisir que i'attens perd beaucoup de son prix,
Quand Amour me fait voir qu'il faut que ie l'obtienne
De la faueur d'Enfer, & non pas de la sienne.

Venere. O di questa Canzon Pur che tù goda.
Ch' importa à tè
Che sia per froda
O per mercè?
Pur che tù goda
Ch' importa à tè?
Ch' altro è l'amare?
Ch' vn guerreggiare,
Oue in trionfo egual lieti sen vanno
Il valor, e l'inganno?
Infelice non sai?
Che nel gran Regno del mio figlio arciero
Non v'è (tolto il penar) nulla di vero.
Prendi il crin, che fortuna
Per mia man t'offre in dono.
Torbido riuo ancora
Spegne sete infinita,
E per languida inedia vn che si mora
Non scieglie i cibi à sostenersi in vita:
Mà mentre à tè giusta ragion m'inuola
Se d'altro vopo ti sia
Mercurio inuierò, che ratto vola.
A 2. E perche Amor non fà,
Ch' all' amorosa schiera
Sol delle gioie sue sia dispensiera.
O ragione, ò pietà?
E perche crudeltà,
Perche il rigor
In guardia ogn' or le haura?
Dunque per inuolarle ogn' arte ancor.
Lecita altrui sarà?

Venus.

Venus.

Aprens cette chanson, trop delicat Amant;
Pourueu qu'on ait contentement,
N'importe par qui, ny comment:
Pourueu qu'on entre en ioüissance,
Qu'importe que ce soit surprise ou recompense:
Amour est vne guerre, où toujours le vainqueur
Triomphe auec mesme allegresse,
Soit qu'il surmonte par adresse,
Ou par l'effort de sa valeur.

Helas! ne sçais-tu pas qu'en l'amoureux empire
Tout est vain, tout est faux, excepté le martyre?
Prens donc aueuglement la belle occasion
Que cet enchantement offre à ta passion:
Mais contrainte à partir pour vne autre auanture,
Pour t'ayder au besoin, i'appelleray Mercure.

Hercule.

Que la raison ou la bonté
Ne sont-elles touiours maistresses
Des amoureuses richesses!
Et d'où vient que l'orgueil & l'inhumanité
Ont eu pour les garder toute l'authorité?
Mais enfin dans ce sort, dont la rigueur nous blesse,
Peut-on iamais blasmer ou la force ou l'addresse
Par qui de leur pouuoir ce tresor est osté?

D'vn'ardente desio giunger'al seg i
Sì, sì, gioco è d'ingegno.

SCENA SECONDA.

Ercole. Paggio.

Ercole. AMor contar ben puoi
Frà tuoi non minor vanti
Che dell'ardir, che torre à mè non s
Co' latrati di Cerbero, & orrendi
Strepiti suoi lo spauentoso abisso;
Tù disarmato m'hai, sì ch' io, che colsi
Ad onta del terribile custode,
Con intrepidà man l'Esperie frutta,
Quasi di sostenere or non ardisco
L'auicinar del bel per cui languisco.
O quale instillano
In arso petto
Rai, che sfauillano
Di gran beltà,
Vmil rispetto,
Bassa Vmiltà:
Il Ciel ben sà
A' sì suprema
Adorabil Maestà,
S'ei pur non trema?

Paggio. Sarà com' hai disposto
Iole qui ben tosto.

Ercole. E doue la trouasti?

SCENE SECONDE.

Hercule. Le Page.

Hercule.

AMour, tu le sçais bien, i'ay veu l'affreux Cerbere
De tous ces trois gosiers escumer de colere,
Et sans m'en estonner, iusqu'au fond des Enfers
J'ay de ses prisonniers osé briser les fers:
Malgré leur fier Dragon, les pommes Hesperides
Deuinrent le butin de mes mains intrepides:
Et moy-mesme, qui vis ces dangers sans effroy,
Timide, maintenant, & desarmé par toy,
Ie ne puis soustenir sans vne crainte extresme
L'approche de l'obiet que ie cherche & que i'ayme.
O que les traits d'vne rare beauté
Inspirent dans vn cœur qui pour elle soupire,
De respect, de foiblesse, & de timidité!
Les Dieux qui tiennent tout soumis à leur empire,
Tous grands qu'ils sont, n'oseroient dire
Que pres d'vn obiet plein d'appas
Quelque fois ils ne tremblent pas.

Le Page.

Seigneur, suiuant vostre ordre, Yole est preparée
A venir en ces lieux.

Hercule.

Où l'as-tu rencontrée?

Paggio. Nel Cortil regio à fauellar d'Amore.

Ercole. A fauellar d'Amor? con chi? deh dillo
Del' Amor mio?

Paggio. Dell' Amor suo con Hyllo.

Ercole. Come? Dunque il mio figlio
Mio riuale diuenne?
A tal temerità sarebbe ei giunto?
Tù non hai ben compreso
Semplicetto garzone.

Paggio. Eccoli appunto.

SCENA TERZA.

Ercole, Iole, Hyllo, Coro di Damigelle, e Paggio.

Ercole. BElla Iole, e quando mai
Sentirai
Di mè pietà?
Chi la chiede al tuo rigore
Hà valore
Per domare ogn' impietà
Mà non fia, che teco impieghi
Se non prieghi
E mesti lai;
Bell' Iole, e quando mai?

Le Page.

Dans la Cour.

Hercule. *Qu'y fait elle?*

Le Page. *Elle y parle d'amour.*

Hercule.

De mon amour, sans doute? Auec qui de la Cour?

Le Page.

Seigneur, elle parloit auec Illus qui l'ayme,
Du feu que pour luy seul elle sent elle mesme.

Hercule.

Quoy donc, ainsi mon fils deuiendroit mon riual?
Quelle temerité! tu les entendois mal.

Le Page.

La voicy justement.

SCENE III.

Hercule, Yole, Illus,

Hercule.

APres tant de souffrance,
Belle Yole, pour moy ne pourrez vous auoir
Vn moment d'indulgence?
Celuy qui la demande, est sans doute en pouuoir
De vaincre vostre resistance;
Mais il ne veut vser d'aucune violence
Que de celle que font sur vn cœur genereux
Le respect, la patience,
Et les soûpirs amoureux.

Iole. Quando il mio cor capace
Fosse d'vn lieue Amor per chi m'vccise
Il Genitor diletto
Hauer per me douresti
Orrore, e non affetto.

Ercole. Ah Bella Iole
A sì gran crime, e di si gran castigo
Degno, qual per me fora
L'impossibilità dell' Amor tuo:
Imputar mi vorrai
Vna proua fatale,
Et vn' impulso senza freno, oh Dio,
Dell' infinito ardor, dell' amor mio?
Quand' il Tonante istesso
Negarmi com' Eutyro, hauesse ardito
Vn ben sì desiato, e à me promesso,
Come già contro il Sole, e 'l Dio triforme
Stato non fora contra lui men parco
Di strali auuelenati il mio grand' Arco.

Iole, Io sola fui cagion, che il Ré mio Padre
Rompesse à te la data fede;

Ercole. Ah come
A ciò tù l'inducesti?
Dunque tù l'vccidesti.
Che d'vn mal, che si feo,
Chi la causa ne diè, quegli n' è reo.
Mà pon bella in oblio
Si funeste memorie, e sì noiose,
E qui meco t'assidi,
Poiche depost' anch' io

Yole.

Si jamais de t'aymer mon cœur estoit capable,
Toy, l'ennemy d'Eutyre, & de sa mort coupable,
D'une si lasche ardeur & confus & surpris:
Toy-mesme tu n'aurois pour moy que du mespris.

Hercule.

Ha cruelle! faut-il que l'on m'impute à crime
Vn effet qu'a produit mon ardeur legitime?
Et refuserez-vous de m'aymer quelque jour
Parce que j'ay trop fait pour gagner vostre amour?
Si Iupiter luy mesme eust osé comme Eutyre
M'oster ce bien promis, pour qui mon cœur soupire,
Ie l'aurois obligé de me tenir sa foy,
Ou de descendre icy pour combattre auec moy.

Yole.

Ce fut par l'effort seul des prieres d'Yole
Que son Pere indulgent te manqua de parole.

Hercule.

Cruelle, ce fut vous? Ce fut donc vous aussi
Qui causastes la mort qui fait vostre soucy:
Mais permettez enfin qu'vne image si noire
Sorte de vostre cœur & de vostre memoire:
Assoyez-vous icy, pour voir le changement
Que l'amour peut produire en vn parfait amant.

L'innata mia ferocia, anzi cangiata
In conocchia la Claua.
Rauisar ti farò, che quale ogn' altra
Tua più deuota Ancella
Non mai prenderò à vile
Di renderti ogni ossequio il più seruile.
Quà gira gli occhi Athlante
E per somma Beltà
Mira quel, ch' oggi fà
Ercole amante:
Mà non nè rider già
Che se tale è il voler
Del pargoletto Arcier
Tutte son opre gloriose, e belle
Tanto il filar, che sostener le stelle,
Sol per voler d'Amore,
Chi in Ciel Etho frenò
Armenti ancor guidò
Nume, e Pastore:
E non ne riser nò
Gl'altri Dei, ch' il mirar,
Che san ben ch' in amar
Tutte son opre, &c.

Iole. Mà qual? mà come io sento
Spuntare entro il mio petto
Per tè improuiso, e inuolontario affetto?
Onde forz'è ch' io t'ami
E ch'amor mio ti chiami.

Hyllo. Oime, ch' ascolto!
E non sogno? e son desto? e non già stolto?
Così cangiasi Iole?

Pour

Pour viure aupres de vous dans ce foible exercice,
Ie souffre auec plaisir que ma gloire perisse,
Et semblant oublier tous mes trauaux guerriers,
Change en de vils fuzeaux ma masse & mes lauriers.

Hercule tient vne quenoüille.

Dans vn si nouueau ministere,
Atlas, jette sur moy les yeux,
Et voy ce qu'amour me fait faire;
Mais loin de t'en mocquer, aprens, audacieux,
Que tout ce qu'on fait pour luy plaire,
Filer, ou soustenir les Cieux,
Est également glorieux.

Quand quittant le celeste Empire,
Berger, & Dieu tout à la fois,
Apollon conduisit les trouppeaux autrefois,
Pas vn des Dieux n'en osa rire:
Ils cognoissent d'amour le ioug imperieux,
Et que tout ce qu'il nous inspire,
Filer, ou soûtenir les Cieux,
Est également glorieux.

Yole, assise sur le siege enchanté.

Mais quest-ce que je sens? d'où peut naistre en moy-mesme
Ce mouuement forçe qui fait qu'enfin ie t'ayme?

Illus.

Ha! que viens-je d'entendre? est-ce vne verité?
Yole, qu'as-tu fait de tant de fermeté?

Fragil feminea fede;
Ben merta i tradimenti vn, che ti crede.

Ercole, Hyllo, di che t'offendi?
Che senso hà tal linguaggio?
(Non mal l'intese il Paggio)
Ami tù dunque Iole?

Hyllo. Io per vn' empia
Ingrata al Padre, al Mondo, al Ciel spergiura,
Che soffrissi nel cuor d'Amor l'arsura?
Per vna sì mutabile, ch'à vn tratto
Còn subito consenso
Alla mia Genitrice, à Dejanira
Tecò à far sì gran torto (oime) cospira?
Versi pria sul mio capo irato Gioue
Tutti i fulmini suoi,
Et il più negro baratro m'ingoi.

Iole. O mè infelice, ò misera, che fei?
Vccidetemi, oh Dei.

Ercole. Fin' ora à te d'Eutyro
Ne men di Dejanira vnqua non calse.
Parti, e ringratia il Ciel, che ben ti valse,
Che d'esser mite oggi disposi.

Hyllo. A Dio:
Andrò morte à cercar per quelle balze.

Que ce ſexe eſt trompeur! que l'ame qui s'y fie
Merite juſtement d'en eſtre enfin trahie!

Hercule.

Que dites-vous, mon Fils? le Page auoit raiſon,
Yole a donc les veux de toute ma maiſon?

Illus.

Auant qu'elle ait les miens, Seigneur, cette parjure,
Qui ſans conſiderer les droits de la nature,
Sans écouter la voix d'vn Pere au monument,
De ſon propre aſſaſſin peut faire ſon amant,
Et ce qui plus me touche, auecque vous conſpire
Pour rauir vn eſpoux ſi cher à Dejanire;
Auant qu'elle ait les miens, que les feux & les fers
M'accablent de douleur au milieu des enfers.

Hercule.

Cherche d'autre couleurs, les intereſts d'Eutyre.

Yole, ſe leuant.

Ha! malheur, qu'ay-je fait?

Hercule.

Ny ceux de Dejanire,
Ingrat, ne t'ont iamais eſté ſi precieux;
Va, ſors de ma preſence, & rends graces aux Dieux
Qui pour te derober à ma iuſte colere
M'ont fait prendre auiourd'huy des ſentimens de Pere.

Illus, à Yole.

Adieu, cruelle, adieu, ie vais chercher la mort.

SCENA QVARTA.

Ercole, Iole, Paggio.

Ercole. E Tù a che pensi Iole?
Iole. All' error mio,
Se ben ciò che mia lingua
Disse pur dianzi ah nò, non lo diss' io.
E l'alma forsennata,
Nel frenetico errore
Altra parte non hebbe
Che di gran pentimento alto dolore.
Ercole. Deh non volere, ò Bella,
Far con tai sentimenti
D'Hyllo più graue il fallo;
E le giuste ire mie tanto più ardenti;
Dì nuouo quì meco t'assidi, e pensa,
Pensa meglio al tuo dire,
Ch'or con rigide voglie, or con infide,
Troppo è tentar di sofferenza 'Alcide.
Iole. Ah chi sì tosto inuola
All' attonita mente
L'impression più care? e del mio seno
La più tenera parte
Per tè di strano affetto
Con recidiua d'incostanza imprime?
Chi l'auuerso mio Cor suolge ad amarte?

SCENE IV.

Hercule, Yole.

Hercule.

ET vous, quel sujet donc vous fait réuer si fort?

Yole, leuée de dessus le siege enchanté.

Ie pense à mon erreur, car flattant ton martyre,
Ma langue seule a dit ce que je viens de dire,
Et mon cœur innocent, bien loin d'y consentir,
N'a part en cet aueu que par son repentir.

Hercule.

Belle, vous augmentez par ce discours seuere
Le crime de mon fils & ma juste colere;
Assoyez-vous plustost, & pensez meurement
A prendre pour tous deux vn meilleur sentiment;
Et que changer sans cesse auec tant d'inconstance,
Ce seroit trop tenter ma foible patience.

Yole, assise.

Mais qui rauit si-tost à mon esprit confus
L'image de l'objet qu'il cherissoit le plus,
Et qui si promptement auec vn trait de flame
Retrace ton portrait dans le fond de mon ame?
Par qui mon cœur forcé retourne-t'il à toy?
Helas! tous les desirs que ie sens naistre en moy

Ah che trà miei pensieri
Più non nè trouo alcuno
Ch'idolatra non sia de tuoi desiri,
Ah che non spiro più che i tuoi respiri.

Ercole. E pur potranno in breue
Dell' instabil tuo spirto
Le solite vicende
Ricangiar tanto amore
In più crudo rigore.

Iole. Ciò non temer, che sono
Si fortemente rannodati, e stretti
I lacci ond' è di nuouo
Per tè quest' alma auuolta,
Che più come scamparne ella non vede,
Chiedi qual pegno vuoi della mia fede.

Ercole. Dunque sù di tua mano
Per fermezza amorosa
Quello porgimi sol d'esser mia sposa.

Iole. Nol rifiuto, mà lascia,
Ch'in segrete preghiere
Del Genitore all' oltraggiato spirto
Per addolcirlo in quelche guisa almeno
Prima, ch' affatto à tè mi doni in preda,
Io licenza nè chieda.

Ercole. Pur che ciò sia sol Cerimonia al Vento
Sì, sì, ne son contento.

Me portent à chercher tout ce que tu desires,
Ie n'ayme à respirer que l'air que tu respires.

Hercule.

Mais cet amour si tendre en ce cœur si leger,
Peut-estre en cruauté se va bien-tost changer.

Yole.

Alcide, ne crains point, car mon ame charmée
Est pour toy desormais tellement enflamée,
Que ie ne me sçaurois figurer seulement
Comment pourroit s'esteindre vn tel embrasement:
De ma fidele ardeur demande quelque gage.

Hercule.

Que ce cœur inconstant par vostre main s'engage.

Yole.

Ie ne m'en defends pas, mais souffrez seulement
Que ie me puisse icy recueillir vn moment,
Deuant que ie me liure en vos mains toute entiere.
Il est juste qu'au moins par vne humble priere
I'en demande licence à qui m'a mise au jour,
Et tasche d'accorder sa mort & mon amour.

Hercule.

Pourueu que ce ne soit qu'vne ceremonie;
I'y consens; mais fais donc qu'elle soit tost finie.

SCENA QVINTA.

Torna ad apparir in aria Giunone nel suo carro col Sonno.

Giunone col Sonno, Ercole, Jole, Paggio.

Giunone. SOnno potente Nume
Fù quì pur opportuno il nostro arriuo;
Dunque poiche tù sei
Dell' innocenza amico,
E de' misfatti rei cotanto schiuo;
Che da loro fuggendo
D'inesorabil vol satij tue piume,
Co' più forti legami,
Che mai tua fredda suora à te prestasse
Impedisci pietoso al par; che giusto
Oggi vn crime il più nero,
Che contro amor la frode vnqua tentasse,
E con la verga, à cui fù facil proua
Le sempre deste luci
Tutte velare ad Argo
Vanne veloce, e in Ercole produci
Vn più cieco letargo.

Iole. E quale inaspettato
Sonno prodigioso
Preuenendo Imeneo lega il mio sposo?

SCENE

SCENE V.

Iunon reuient dans son char auecque le Sommeil, & demeure en l'air.

Iunon, le Sommeil, Yole.

Iunon.

CHer Sommeil, qu'à propos nous arriuons icy
Pour exempter mon cœur d'vn eternel soucy :
Toy, qui par tout amy de l'amour legitime,
Témoignes tant d'horreur pour la fourbe & le crime,
Et qui des scelerats te détournant toujours
Les laisses jour & nuict priuez de ton secours,
Pour preuenir l'effet de ce que l'Enfer tente
Contre vn couple assorty d'vne estrainte innocente,
Frappe de ce Tyran le chef audacieux
Du baston qui d'Argus assoupit les cent yeux,
Et des plus froids liens que ta Sœur te fournisse
Arreste auec son bras le cours de sa malice.

Le Sommeil descend sur Hercule qu'il endort, & puis remonte incontinent.

Yole.

Quel estrange sommeil, de nos plaisirs ialoux,
Preuenant nostre Hymen, assoupit mon Espoux!

Giunone. Iole, Iole, ah ſorgi
Sorgi rapida, e fuggi, e t'allontana
Dall'incantato ſeggio, e à me t'appreſſa
Che di ben toſto riſanarti e d'vopo
Dal magico veleno,
Ond'hai l'anima oppreſſa:
Prendi, fiuta queſt' erba,
Che ne gli orti Filliridi raccolſi,
Il cui medico odore,
Che le malie dilegua,
Ti ſanerà ad vn tratto
Dalle tartaree infettioni il core.

Iole. O Diua, o Dea, da quali
Orridi precipiti
D'infedeltà, d'iniquità riſorgo?
Oime! di quali errori
Rea, quantunque innocente ora mi ſcorgo!
Pure il mio primo, e ſol gradito fuoco,
Ch'in me parea eſtinto
Mentre il cor mi ralluma,
Con vſura di fiamme
Più che mai mi conſuma.
Mà che prò? s'Hyllo intanto
L'vnico mio teſoro
Senza mia colpa à ragion meco irato,
A ragion da me fugge, e à torto io moro.

Giunone. Ah perche perdi Iole
In ſuperflue querele
Tempo sì pretioſo, Hyllo non lunge
Per mio conſiglio in vn ceſpuglio aſcoſo.

Iunon.

Yole, leue-toy, leue-toy, mal-heureuse,
Et quitte promptement la place dangereuse
Où l'effet violent d'vn magique poison
T'a presque sceu priuer de toute ta raison:
Viens que ie te guerrisse, & reçoy cette plante,
Dont la celeste odeur par sa vertu puissante
Peut dans ton cœur seduit détruire en vn moment
Le nuage formé par cet enchantement.

Yole.

O puissante Deesse, ô de quel precipice
De manquement de foy, d'erreur & d'injustice,
M'auez-vous garantie! ô combien j'apperçois
Que je suis innocente & coupable à la fois!
Mais enfin cette ardeur & si chere & si sainte,
Qui sans vous dans mon cœur s'en alloit estre esteinte,
Se rallume, s'augmente, & semble s'exciter
A regagner le temps que l'on luy vient d'oster:
Mais, helas! contre-moy, quoy que ie sois sans crime,
Illus est animé d'vn couroux legitime,
Et dans l'instant fatal qui me meine à la mort,
Que me sert-il de voir que je la souffre à tort?

Iunon.

Cesse de t'affliger, reprends ton esperance,
Illus instruit par moy connoist ton innocence,
Et par mon ordre exprés caché proche d'icy
Voit tout ce qui s'y passe, & n'a plus de soucy;

Tutto guata, & aſcolta. Arma più toſto
Arma figlia la mano
Di queſto acuto acciaro,
(Ch'abile à penetrare ogni riparo
Per mè temprò Vulcano.)
E mentre imprigionato
Da i legami del Sonno i più tenaci
Stà quel moſtro sì crudo
D'ogni difeſa ignudo,
Vanne, e vendica ardita
Con la morte di lui
Le mie offeſe, e i tuoi danni;
Ch'altro ſcampo non hà d'Hyllo la vita.
Vanne, e poiche ſpedita al Ciel'io torno
Ad'ouuiare in ciò l'ire di Gioue
Fà ch'io vi giunga il crin di lauri adorno.

SCENA SEXTA.

Iole, Hyllo, Ercole che dorme, Paggio.

Iole. D'Eutyro anima grande
A queſto core, à queſto braccio imbelle
Tanto furòr, tanto vigor comparti
Che poſſa or qui ſacrarti,
Con inſigne vendetta
(Vniuerſal di cui deſio rimbomba)
Vittima ſi douuta alla tua tomba.

Pour luy, pour toy, pour moy, fais vn beau sacrifice
De ce monstre alteré de sang & d'injustice,
Le sommeil qui le tient & qui combat pour nous,
L'expose sans defense à ton iuste courroux,
Et des mains de Vulcain cette lame forgée,
Sans faire grand effort, t'aura bien-tost vangée;
Frappe, & ressouuiens-toy que par là seulement
Tu peux mettre à couuert les jours de ton Amant,
Frappe, & pendant qu'au Ciel je vais en diligence
Appaiser Iupiter, que cette mort offense,
Acheue l'œuure, & fais que ton bras glorieux
Me couronne de gloire, auant que i'entre aux Cieux.

SCENE VI.

Yole. Illus. Hercule endormy.

Yole.

ACcours à ce spectacle, ô belle ame d'Eutyre,
Ayde la sainte ardeur qu'vn beau courroux m'inspire,
Donne force à mon cœur, donne force à mon bras
Qui s'appreste à venger ta honte & ton trespas,
Et qui veut, en t'offrant cette grande victime,
Rendre à ta cendre illustre vn deuoir legitime;

Prendi ò mio genitor dall'arſo lido
Di Flegetonte, il ſangue
Di queſt'empio tiranno,
Che nel tuo nome vccido.

Hillo. Oimè, che fai?
Ceſſa.

Iole. Deh laſcia.

Hillo. Ah ceſſa.

Iole. Laſcia ſe m'ami.

Hillo. Ah che del pari io Sono
Tuo vero Amante, e di lui figlio.

Iole. Ah ſenti:
Io non l'odio già più com' vcciſore
Del caro Padre mio (ſenti che dico)
Che come auuerſo al commun noſtro ardore
Onde tuo più che Padre egli è nemico.

Hillo. Lo placherò, quando non baſti il pianto,
Con la mia morte.

Jole. E ſi poco è gradita
La ſpeme à tè d'eſſer mio ſpoſo (oh Dio)
Che per eſſa non pregi
Punto di più la vita?

Des bords de Flegethon viens, chere Ombre, & reçoy
Le sang de ce Tyran que je verse pour toy.

Illus.

Yole, arrestez-vous.

Yole. *Laissez.*

Illus. *Qu'allez-vous faire?*

Yole.

Laissez-moy, si iamais j'eus le bien de vous plaire.

Illus.

Ie dois tout à l'objet de mon ardent amour;
Mais que ne dois-je point à qui m'a mis au iour?

Yole.

Ce n'est plus comme estant l'assassin de mon Pere
Que ce Tyran cruel attire ma colere,
Mais comme le plus grand de tous vos ennemis,
Et l'obstacle aux plaisirs qu'Amour nous a promis.

Illus.

Ma mort l'adoucira, s'il est vray que mes larmes
Pour vaincre sa rigueur soient de trop foibles armes.

Yole.

Que nostre Hymen, Illus, est peu chery de vous,
Si vous voulez mourir prest d'estre mon espoux.

SCENA SETTIMA.

Mercurio d'un volo risueglia Ercole, e parte.

Mercurio, Hyllo, Iole, Ercole, Paggio.

Mercurio. SVegliati Alcide, e mira
Ercole. SE doue ò Bella?
Doue? ah quì pur di nuouo
Temerario importuno io ti ritrouo?
Ed à qual fine impugni
Ferro micidial? per tor la vita
A chi s'ingiustamente à tè la diede?
Ah se cotanto eccede
Tuo scelerato ardir, giust'è la voglia,
Che quel viuer' ingrato,
Ch'à torto à tè fù dato
Hora à ragione io toglia.
Iole. Ohimè, s'amore
Nulla in tè puote, arresta.
Hyllo. Ah genitore.
Ercole. E con si dolce nome ancor mi chiami?

SCENE

SCENE VII.

Mercure vient en volant esueiller Hercule, & s'en retourne aussi-tost.

Mercure. Hercule. Yole. Illus.

Mercure.

ALcide, éueille-toy.

Hercule, Le premier demy-vers s'addresse à Yole, & le reste à Illus.

Quoy donc, beauté charmante:

Mais encore à mes yeux ce traistre se presente. à Illus.
Quoy? tu tiens vn poignard? Dis, dis, à quel dessein,
Impie? Ha! tu voulois le plonger dans mon sein,
Et m'ostant sans peril ma vie infortunée,
Me punir iustement de te l'auoir donnée.
Ha! cruel, si ton cœur a bien pû conceuoir
Le monstrueux dessein d'vn attentat si noir,
Il faut que par ta mort ie repare l'offense
Dont vers le iuste Ciel m'a chargé ta naissance.

Yole.

Helas! si vous m'aymez, Seigneur, arrestez-vous.

Illus.

Mon Pere.

Hercule.

M'appeller encor d'vn nom si doux!

Hyllo. Non creder già, ch'io più di viuer brami,
Che per mia miglior ſorte
Non sò più deſiar'altro, che morte,
Mà ſol di parricida
L'ingiuſto infame titolo rifiuto,
E s'hebbi di ciò mai ſolo vn penſiero
Soura l'anima mia,
Qual'or ſciolta ella ſia,
Ogni martir più fiero,
Che chiuda Auerno in sè, grandini Pluto.

Iole. Alcide, ah ch'io fui quella
Per vendicar'Eutyro,
E per ſottrarmi alle tue inſidie, io quella,
Che ſola di trafiggerti tentai.
Quindi è, che s'Hyllo vccidi,
Com'eſſend'io ſola cagion, ch'ei mora,
Di me ſteſſa farò giuſtitia, e or'ora
Morta quì mi vedrai.

SCENA OTTAVA.

Dejanira, Licco, Ercole, Iole, Hyllo, Paggio.

Dejanira. AH che ſcorgo? il mio figlio
Poſt'e in graue periglio?
Forz'e ben, ch'io mi ſcopra,

Illus.

Si ie parle, Seigneur, c'est sans auoir enuie
De prolonger le cours de ma funeste vie ;
Puisque dans mes malheurs ie vois bien que la mort
Est mon plus desirable & mon plus heureux sort.
Ce cœur est né de vous, & la peur qui s'y glisse
Vient de l'horreur du crime, & non pas du supplice ;
Et ie sçay qu'aux Enfers il n'est point de tourment
Qui fust du parricide vn iuste chastiment.

Yole.

C'est moy seule, Tyran, qui pour vanger Eutyre,
Et pour me dérober à ton cruel empire,
De terminer tes iours ay fait vn foible effort
Qu'a détourné ce Fils, dont tu cherches la mort ;
Mais, ingrat, si pour moy tu le priues de vie,
Sa mort va de la mienne estre à l'instant suiuie.

SCENE VIII.

Hercule. Yole. Illus Dejanire. Licas.

Dejanire. Cachée.

O Dieux ! que mon cher Fils est dans vn grand danger !
Monstrons-nous, monstrons-nous, allons l'en dégager.

Licco. Il Ciel ti guardi
Da cotanta follia,
Che quando ancor (com'è suo stil) per gioco,
Ercol l'ammazzi vn poco,
Tù nè puoi far de gli altri;
Mà sè n'vccide noi sia molto peggio,
Che poi chi nè resusciti, nol veggio.

Ercole. Più di saluarlo tenti
Più l'accusi, & tù menti,
Mà ch'al tuo crime, ò pure
A mie gelose cure:
Il tuo morir s'ascriua
Soffrir più non saprei, nò che tù viua.

Deianira. Ah barbaro di fe di pietà auaro.
Non basta hauermi l'amor tuo ritolto,
Ch'ancor toglier mi vuoi pegno sì caro;
Fà pur tua sposa Iole,
Abbandonami pure à ogni martoro,
Mà per solo ristoro
Lasciami la mia Prole:
Innocente, che sia,
Chi propitio gli fia, se ingiusto è il Padre?
E quand'anche sia rea, concedi il vanto
D'impetrarli perdono
D'vna misera Madre al largo pianto.

Ercole. In mal punto giungesti
E chi quà ti portò?

Licco. Non fù già Licco;
Chi m'insegna vna tana?
Che quand'anche ella fosse,
D'vn gran lupo affamato io mi ci ficco.

Hercule. à Yole.

Plus à le conseruer vostre amour s'éuertuë,
Plus de son attentat mon ame est conuaincuë :
Et toy, qui me voudrois cacher la verité
Sous de faux sentimens de generosité,
Qu'on iuge ton trespas iniuste ou legitime,
Qu'on l'impute à mes feux, qu'on l'impute à ton crime,
Il n'importe, pourueu que je saune mes yeux
De la douleur de voir vn enfant odieux.

Dejanire.

Laisse, Pere cruel, laisse, Espoux infidelle,
C'est assez pour ma mort d'vne atteinte mortelle :
C'est assez pour ma mort qu'on m'arrache vn Espoux,
Sans qu'on me fasse voir vn Fils percé de coups ;
Prends, prends, si tu le veux, ta nouuelle maistresse,
Mais laisse-moy mon Fils, l'obiet de ma tendresse,
Tout innocent qu'il est, d'où viendra son secours
Si son iniuste Pere attente sur ses iours ?
Et quand mesme coupable il t'auroit pû déplaire,
Donne sa faute aux pleurs d'vne innocente Mere.

Hercule.

Qui si mal-à-propos vous a conduit icy ?

Licas, caché à voix basse.

Seigneur, ce n'est pas moy. De peur ie suis transy.

Ercole. Ambo morrete, e frà tant'altre proue
Che fer di mé già sì famoso il grido
Dicasi ancor, ch'altri duo mostri vccisi
Vna moglie gelosa, e vn figlio infido.

Dejanira. Ah crudo.

Iole. Ah senti pria: s'alcuna spene
Ch'io pieghi all'amor tuo, restar ti puote,
Solo al viuer di lui questa s'attiene;
S'ei mor, fia, ch'ogni speme anco à tè per
E s'egli viue, spera.

Licco. Ora ch'il crederia! quel grand'inuitto
Domator de' Giganti,
Che i diauoli stessi hà trionfato
Eccolo trà due femine intrigato!

Ercole. E s'egli viue spera? ogni possanza
Soura l'anime amanti hà la speranza.
Vanne tù dunque, e torna al patrio nido,
E tu và prigioniero
Nella Torre del Mar, ch'altro riparo
Sicuro hauer non può mia gelosia,
E con Iole intanto io vedrò chiaro
Del mio sperar, del viuer tuo che fia?

Hercule.

Ha! vous mourrez tous deux, ie veux que dans l'Histoire,
Qui doit de mes exploits eterniser la gloire,
On conte encore apres cent monstres déconfits,
Vne femme ialouse, vn infidelle Fils.

Dejanire.

Cruel.

Yole.

Ecoute-moy, si de nostre alliance
Ton cœur conserue encor vn rayon d'esperance;
Ce n'est qu'au sort d'Illus qu'il l'a faut mesurer,
S'il meurt, tu dois tout craindre, & s'il vit esperer.

Licas. Caché.

Qu'il est embarrassé! Dieux! qui pourroit le croire?
Ce vainqueur si puissant & si couuert de gloire,
A qui rien ne resiste, & qui sceût triompher
De plus malins Demons qui regnent dans l'Enfer;
Ne peut se demesler des mains de ces deux femmes.

Hercule.

Et s'il vit. esperer.. Que l'espoir sur nos ames
*Est puissant en amour! *Toy donc và promptement,* *Parlant à Dejanire.
Retourne en ton païs viure paisiblement.
Toy, tandis qu'à mes veux ou contraire ou propice
Yole resoudra ta vie ou ton supplice,
Va te mettre au plustost prisonnier dans la tour,
Ie dois ces seuretez au soin de mon amour.

SCENA NONA.

Dejanira, Hyllo,

Dejanira. FIglio tù prigioniero?
Hyllo. Madre tù discacciata?
Dejanira. E viue in sen di Padre vn cor si fiero?
Hyllo. Et in cor di marito alma si ingrata;
Deianira. Figlio tù prigioniero?
Hyllo. Madre tù discacciata?
Dejanira. Non fosse à tè crudele,
E gli perdonarei l'infedeltà.
Hyllo. Non fosse à tè infedele,
E lieue trouarei sua crudeltà.
A 2. S'a te pietà non spero
Ogni sorte à me fia sempre spietata.
Dejanira. Figlio tù prigioniero?
Hyllo. Madre tù discacciata?
Dejanira. Figlio;
Hyllo. Madre;
A 2. Ogn'or desti
A me dell'amor tuo segni più espressi,
Ah voglia il Ciel, che questi
Non sian gli vltimi amplessi.

SCENE IX.

Dejanire. Illus.

Dejanire.

Toy, mon Fils, prisonnier.

Illus. *Vous, ma Mere, bannie.*

Dejanire.

Que ne peut par mes maux ta peine estre finie,

Illus.

Et que ne puis-je, helas! par mes viues douleurs
Esperer seulement d'adoucir vos malheurs.

Dejanire.

Quoy donc? le cœur d'vn Pere est si plain de rudesse?

Illus.

Et le cœur d'vn Espoux a si peu de tendresse.

Dejanire.

Si ie voyois pour toy cesser sa cruauté
Ie luy pardonnerois son infidelité.

Illus.

S'il pouuoit à vos feux cesser d'estre infidelle,
Sa plus grande rigueur me seroit peu cruelle.

Dejanire.

Ha! mon Fils.

Illus. *Ha! ma Mere.*

Dejanire, & Illus. *Helas! que chaque iour*
Mille nouueaux effets font bien voir vostre amour:
Plaise au Ciel attendry par vostre iuste plainte,
De proteger en nous vne amitié si sainte,
Et faire que ce doux & triste embrassement
N'en soit pas entre-nous le dernier mouuement.

SCENA DECIMA.

Licco, Paggio.

Licco. A Dio, Paggio.
Paggio. A Dio, tutti.
Licco. A' riuederci;
Che della Dona à cui Ercol presume
Di far sì facilmente cangiar clima,
Non fù mai suo costume
D'obbedir' alla prima.
Paggio. Oh che gran cose hò viste! ancor l'orrore
Tutto mi raccapriccia.
Licco. Et è sol mastro Amore,
Che si fatri bitumi oggi impastriccia,
Mà contro vn sì pestifero bigatto
Senti gentil garzone
Impara vna Canzone.
Pag. } *A 2.* Amor, chi hà senno in sè,
Lic. } Và già d'accordo,
Ch' il più contento è in tè
Chi è il più balordo.
Ogni dolce, che puoi dare
E d'assentio atro sciloppo
E le tue gioie più rare
O son false, ò costan troppo:
E così in simil frode
Lieto è più chi men vede, e crede, e gode.

La Sedia incantata sparisce, e gli spiriti ch' erano costretti in essa, entrano nelle statue del giardino, & animandole formano la quarta danza per fine dell' Atto Terzo.

Fine dell' Atto terzo.

SCENE X.

Licas. Le Page.

Licas.

ADieu, cher Page.

Le Page. *Adieu toute la Compagnie.*

Licas.

Iusqu'au reuoir pourtant. Vne femme bannie,
(Quoy qu'Hercule irrité presume de ses loix)
N'obeit pas toujours dés la premiere fois.

Le Page.

Dieux! que d'éuenemens vois-ie en vne iournée!
Mon ame en est encor de frayeur étonnée.

Licas.

L'Amour fait tous ces maux; Mais, aymable garçon,
Pour apprendre à le fuir, apprends cette chanson.

Amour, sous ton bizare empire,
Tous les gens de bon sens connoissent aysément
Que le plus sot est ordinairement
Celuy qui croit auoir plus de suiet de rire:
Ta richesse n'est que du vent,
Ta plus grande douceur n'en a que l'apparence,
Et ces brillans que l'on nous vend
Pour des bijoux de consequence,
Ou sont faux, & n'ont rien qu'vn éclat deceuant,
Ou s'achettent trop cherement.

Le Siege enchanté disparoist, & les Demons qui y estoient enfermez entrent dans les Statuës du Iardin, & font la quatriesme Entrée de Ballet qui finit le troisiesme Acte.

ATTO QVARTO.

La Scena si cangia in vn mare. sù i liti del quale sono molte Torri, & in vnà di esse Hyllo prigioniero.

SCENA PRIMA.

Hyllo.

AHi che pena è gelosia
Ad' vn' Alma innamorata
Ch'a i sospetti abbandonata
Teme ogn' or sorte più ria. Ahi che, &c.
Ad Alcide allor ch' Iole
Crudelmente in ver mè pia.
Di sperar alfin concesse;
Io credei, che m'vccidesse.
Solo il suon di tai parole.
Mà il morir manco duol fia. Ahi che, &c.
Ahi che pena è gelosia
Ad vn' Alma innamorata
Ch' a i sospetti abbandonata
Teme ogn' or sorte più ria. Ahi che, &c.
Mà che veggio? ecco vn messo,
Che viene à dritta voga, è il Paggio? è desso.

ACTE IV.

La Scene se change en vne Mer auec plusieurs Tours des deux costez, dans l'vne desquelles se voit Illus prisonnier.

SCENE PREMIERE.

Illus.

HA! qu'vn cœur où l'Amour domine fortement,
Souffre en sa ialousie vn estrange tourment!
Et que ses noirs soupçons, & ses penibles craintes
Luy donnent chaque instant de mortelles atteintes!
Quand Yole cruelle à force de pitié,
Pour garantir mes iours blessa nostre amitié,
Et quand pour appaiser le courroux de mon Pere,
En flatant son amour, elle luy dit, espere,
Ie creus que ie mourrois en ce moment fatal,
Mais sans doute la mort ne fait pas tant de mal.
Que vois-ie? vn Messager vers ce lieu prend sa route,
C'est le Page qui vient, c'est luy mesme sans doute.

Le Page paroist sur la Mer dans vne petite barque.

SCENA SECONDA.

Apparisce nel detto mare il Paggio in vna barchetta.

Paggio, Hyllo.

Paggio. Zefiri che gite
Da' vicini fiori
Inuolando odori
E quà poi fuggite;
Fate alla mia prora
Ch' oggi il mar si spiani,
Voi pur Cortigiani
Siete del' Aurora.
Noto è à voi Cupido
Che d'ogn' vn fà giuoco,
E per l'altrui fuoco
Hor me trahe dal lido.
A voi pur conuenne
Far l'vfficio mio,
Così hauessi anch' io
Come voi le penne.

Hyllo. Che nouella m'arrechi? è buona, ò rea?
Mà che parlo infelice?
Sperar più verun bene à mè non lice.

Paggio. Iole alfin' astretta
Di maritarsi al furibondo Alcide
Con questo foglio à tè mi spinse in fretta.

SCENE SECONDE.

Le Page. Illus.

Le Page.

ZEphirs, qui des naissantes fleurs
Volez les plus douces odeurs,
Et puis venez à tire d'aisles
Porter icy le butin fait sur elles,
Applanissez pour moy les vagues de la Mer,
Ie cherche vn pauure Amant que sa douleur deuore;
Vous, qui soûpirez pour l'Aurore,
Helas! vous sçauez bien ce que c'est que d'aymer.

Vous connoissez l'Amour & sa malice,
Et sçauez que par son caprice,
Pour le seul interest d'autruy,
Ie suis en danger auiourd'huy;
Que ne vous chargeoit-on de faire ce message,
Vous, qui des flots grondans mesprisez le couroux;
Ou pour me sauuer du naufrage
Que ne m'a-t'on donné des aisles comme à vous.

Illus.

Quel bon ou mauuais sort, Page, viens-tu m'apprendre?
Mais, helas! malheureux, quel bien pourrois ie attendre?

Le Page.

Iole enfin contrainte à souffrir vn espoux
Auecque ce billet me dépesche vers vous.

Hyllo. Porgilo dunque (ALLA TVA FE' TRADITA,
CHIEDO GIVSTO PERDONO,
SE PER SERBARTI IN VITA
AD ERÇOLE MÌ DONO)
Che per serbarmi in vita? oh cieco errore!
Ah che ciò per me sia morte peggiore.
Torna veloce, oh Dio,
Torna veloce, e dille,
Ch'essendo essa fedele all' amor mio;
Sè morrò, sì contento
Scenderà questo spirto al basso mondo;
Ch' in alcun tempo mai
Non ne vider gli Elisei vn più giocondo.
Mà che, s'altrui si dona, ò il duol'atroce
Di si perfida sorte,
O la mia destra mi darà in tal punto
Vna sì amara, e sconsolata morte,
Ch'affannosa, e dolente
Quest'alma in approdar le Stigie arene
Insin quiui parrà mostro di pene.
Dille, che s'ella almeno
Per costanza d'amor sarà pur mia
Non farà di me strage altri ch' Alcide;
Mà che s'ella mi lascia, ella m'vccide.
Saprai tù ben ridir queste querele?
Paggio, Pur ch' il Mar' infedele
Non mi vieti il ritorno, e di già parmi
Che ben voglia agitarmi: ò Numi algosi
Correte al mio soccorso.

Si moue la tempesta in mare.

SCENE

Illus, lit le billet.

Ie demande pardon à ton amour trahie,
Si i'ose me donner pour conseruer ta vie.
Pour conseruer ma vie! ha trop coupable erreur!
Cruelle, le trespas me fait bien moins d'horreur.
Retourne promptement, va, retourne vers elle,
Et dis-luy que pourueu qu'elle me soit fidelle,
Si ie meurs, mon esprit content & glorieux
Mesprisera le sort des hommes & des Dieux;
Mais si son cœur endure vne flame nouuelle,
Elle va me donner vne mort si cruelle,
Que mon Ombre plaintiue arriuant aux Enfers
Fera croire trop doux & leurs feux & leurs fers,
Paroissant en ce lieu de tourmens & de gesnes,
Par l'excés de son mal vn prodige de peines.
Tandis qu'elle sera constante en son amour
Mon Riual seulement pourra m'oster le iour;
Mais si pour l'appaiser Yole s'abandonne,
Loin d'empescher ma mort, Yole me la donne:
Mais, helas! pourras-tu luy dire tout cecy?

Le Page.

Oüy, si i'ay le bon-heur de me tirer d'icy;
Mais la Mer s'irritant me monstre cent abysmes.
Venez à mon secours, Deïtez Maritimes.

SCENA TERZA.

Hyllo.

E Non si troua
Fra gl' armenti squammosi
Vn cor benche gelato,
Che qual già d'Arione
Di quel meschin garzone
Senta qualche pietade, e salui insieme
Gl' vltimi auanzi in lui d'ogni mia speme
Ohime, ch'il Mar con cento fauci, e cento
Tutte rabbia spumanti
Non par ch'ad altro furioso aneli
Ch' à diuorar quel pouerello. Ah date
A si mortal periglio
Pronto soccorso ò Cieli;
Ohimè, che più tardate?
Il Paggio si sommerge. Ah che quella voragine l'ingoia,
Dunque forz'è, che desperato io moia:
E chi fia più che vieti
Alla mia bella d'eseguire i suoi
Mal'accorti decreti? à che più penso?
Che più tardo à finire
Con vn breue morire vn duolo immenso?
Cerulei humidi Numi,
Riceuete propizi vn sventurato,
Che dal Ciel, dalla terra, e da gl' abissi,

SCENE III.

Le Page s'éloigne de la Tour,
& perit.

Illus.

HElas ! de cet Enfant prenez compassion !
Vous Peuples écaillez qui l'eustes d'Arion,
Nul de vous ne vient-il luy donner assistance ?
Et sauuer auec luy mon reste d'esperance ?
Ridicule fureur ! ce superbe élement,
Par cent gosiers ouuerts de colere écumant
Dans ce grand appareil de tumulte & de rage,
Ne semble auoir pour but que d'engloutir vn Page,
En ce besoin pressant, Ciel, vien me secourir :
Ha ! tu differes trop ! helas ! il va perir,
Il perit, c'en est fait. Sus donc il faut le suiure,
Quand mon espoir est mort, que me sert-il de viure ?
Et puis qu'Yole, enfin, me doit abandonner,
Sans que rien desormais l'en puisse destourner,
Euitons, en faisant cette perte cruelle,
Par vne prompte mort vne plainte eternelle.
Puissant Roy de la Mer, & vous humides Dieux,
Vn Prince mal-traité de la terre & des Cieux
Se iette entre vos bras, & vient chercher dans l'onde,
Le repos qu'il n'eut point dans le reste du monde,

Sempre à gara oltraggiato
Viene à cercar trà le vostre acque in sorte
Per gran fauor la morte.
Hyllo, sù al mar t'auuenta;
Che temi, Orche, e Balene?
O pur di ! ti spauenta
L'imagin del morir squallida, e tetra;
Chi fugge gelosia nulla l'arretra:
Sù, sù, dunque à morir, che 'l chiaro nome
Dell'amato mio Sole
Indorar mi potrà l'ombre più dense
Del Tartaro profondo: Iole, Iole.

Hyllo si precipita in Mare.

SCENA QVARTA.

Apparisce nell' aria Giunone, in vn gran trono e cala in soccorso d'Hyllo.

Giunone, Nettunno, Hyllo.

Giunone. SAlua, Nettunno, ah salua
Quel troppo ardito giouine, e souuienti,
Che t'acquistò non fauoreuol grido
Il negato soccorso
All'amoroso Nuotator d'Abido.
Saluało, ò Dio Triforme,
Che d'Ercole commun nostro nemico

Receuez-le de grace, & dans son triste sort
Par pitié consentez à luy donner la mort.
Tu t'arrestes! d'où vient cette frayeur soudaine?
Crains-tu l'affreux gosier de l'immense Balaine?
Sus donc, qui te retient? la face du trespas
A-t'elle des laideurs que tu n'attendois pas?
Vne ame enuisageant l'affreuse jalousie,
De nulle autre frayeur ne doit estre saisie,
Et le cœur qu'elle suit, par elle épouuanté,
Par nulle autre laideur ne peut estre arresté.
Meurs donc, & que le nom de l'adorable Yole
Soit mesme en expirant ta derniere parole.
Yole, ton beau nom imprimé sur vn cœur
Des ombres de la mort en peut bannir l'horreur.

Il se jette en la Mer.

SCENE IV.

Iunon paroist en l'air dans vn grand throsne entouré de nuages.

Iunon. Neptune. Illus.

Iunon.

VEnez, Dieu de la Mer, propice à ma priere,
Sauuer ce mal-heureux que l'amour desespere,
Et vous ressouuenez que par tout l'Vniuers
L'on vous fit autrefois cent reproches diuers
Quand l'amoureux nageur de la fameuse Abide
Se perdit sans secours dans vostre sein humide.

All'alma inuiperita?
Far non si può da noi più grande oltraggio,
Che di saluare il di lui figlio in vita;
Poi che l'iniquo Padre,
Che, qual riual geloso
La morte sol di quel meschino agogna;
Vedendolo da noi ridotto inleso,
Doppia nè ritrarrà smania, e vergogna.
Ah tù non m'odi? ò vi repugni? adunque
In quest' onde ver me già si cortesi
Quell' antica bontà del tutto è spenta?

Sorge dal Mar Nettunno in vna gran Conchiglia tirata dà Caualli marini, & in essa si vede Hyllo saluato.

Nettunno. Eccoti, ò Dea contenta;
Che nulla al tuo voler negar poss' io;
Nè fù mia negligenza
Ma ben sua renitenza il tardar mio:
Ne credo vnqua più auuenne,
Che dall' orribil gola
Della vorace, e non mai sazia Dite
Fosser ritolti à forza
Contro lor voglia i miseri mortali.
Come or succede in questo, ò forsennato,
E chi rende al tuo gusto
Di sì amabil sapor l'estremo fato?

Hyllo. D'vn amor disperato
Alla Tantalea sete
Il Nettare più grato
È sol l'onda di Lethe.

Nettunno, Oh semplicetto ascolta,
Ciò, che per suo diletto
Cantò Glauco taluolta.

Nous haïssons tous deux Acide égalément,
Pour luy faire dépit sauuons ce jeune Amant:
Car, enfin, ce barbare est à tel point de rage,
Que luy sauuer son fils, c'est luy faire vn outrage.
Quand ce monstre jaloux tasche à faire perir
Vn Riual que le sang obligeoit de cherir,
Donnant à l'opprimé le secours necessaire,
Redoublons du Tyran la honte & la colere.
Mais d'où vient que mes vœux ne sont point ecoutez?
Neptune eut autrefois pour moy tant de bontez.

Neptune.

Ie vous rameine Illus, & par ma diligence
L'on eust veu ce qu'icy vous auez de puissance,
Si dans son desespoir, auide du trespas,
Luy-mesme trop long-temps n'eust retardé mes pas.
Qui l'auroit iamais creu? qu'vn ieune miserable,
Que la mort tient desja dans sa main redoutable,
S'en estonnast si peu, qu'il ne peust consentir
A souffrir le secours qui l'en peut garentir.
Illus, dis quelle grace inconnuë & nouuelle
Rend la mort à tes yeux si charmante & si belle?

Neptune sort de la Mer dans vne grande Conque tirée par des Cheuaux marins, & rameine Illus.

Illus.

Lors que le desespoir s'empare d'vn amant,
La mort seule a pouuoir d'adoucir son tourment.

Neptune.

Aprens d'vne chanson que Glaucus vient de faire
Que le temps fait raison de l'ame la plus fiere.

Amanti che trà pene
Ogn' or gridate ohime !
Perche bramate di morir, perche ?
Ah non negate mai fede alla ſpene.
Per chi viue il Ciel gira,
E non ſempre vn ſoſpira,
Anzi lieto è tal' or chi meſto fu,
Mà per chi more il Ciel non gira più.

O ſtolti ou' è il riſtoro
Nel morir poi ? dou' e ?
E che val più di voſtra vita, e che ?
Ah non ſi può dar mai più gran teſoro;
E ſian pur buone ò felle
Stile al par cangian le Stelle
Ne può ſempre il deſtin gire all' in giù;
Mà perchi muore ?

Giunone. Saggiamente à te parla, Hyllo, quel Nume.

Nettunno. Vanne veloce, e la gran Diua inchina
A Dio ſomma Reina.

Hyllo entra nella Machina di Giunone, e Nettunno s'attuſſa nel Mare.

SCENE

Pourquoy faut-il qu'vn pauure Amant
Dans son chimerique tourment
Témeigne tant d'impatience,
Qu'il recherche la mort auec empressement?
Ne perdons iamais esperance;
Tel qui de mille biens auoit la ioüissance,
Les perd tous en vn seul moment;
Et tel de ses desirs voit l'accomplissement
Qui n'eut dans son amour que peine & que souffrance,
Viuons, & du destin qui change incessamment,
Attendons l'heureuse inconstance,
Car quand on est au monument
On ne voit plus de changement.

Iunon, à Illus.

Ce que te dit Neptune, est tout plein de sagesse;
Tasche d'en profiter.

Neptune, à Illus.

A la grande Deesse
Qui pour te conseruer quitta le soin des Cieux,
à Iunon. *Va rendre ton hommage.* * *Adieu Reyne des Dieux.*

* Illus entre dans la machine de Iunon, & Neptune se replonge dans la Mer.

SCENA QVINTA.

Giunone, Hyllo, Coro di Zefiri, che danzano, e suonano.

Giunone. DVnque del mio potere
Diffiderai tù solo?
Hyllo Diua à che viuer più chi viue al duolo?
Mà pure ossequioso
Ti chieggio humil perdono,
Che quantunque penoso,
Grato il viuer mi fia poich'è tuo dono.
Giunone. Non lice à voi mortali
Del destin preueder gl'alti decreti
Quanto più strani tanto più segreti.
Quindi è che nel mirare
De' futuri nascosti
I preludi taluolta al fine opposti;
Spesso ciechi lasciato
Con i vostri giudizi infermi, e monchi,
Che d'ignote venture
Disperata ignoranza il fil vi tronchi.
Mà sè à scorger giungeste
In quegli inesplicàbili volumi
Scritti in Zaffiri à lettere di Stelle:
Souuente ammirareste
Esser' in lor prefisso,
Ch'inaridisca à lente pioggie vn prato

SCENE V.

Iunon. Illus. Chœur de Zephirs.

Iunon.

QVoy donc! de ma supresme & fameuse puissance,
Tu pourrois seul, ingrat, entrer en deffiance?

Illus.

Qu'il est fascheux de viure & toujours endurer!
Mais enfin, i'y consens, & sans plus murmurer,
La lumiere du iour, quoy que peu fauorable,
Me venant de vos mains me doit estre agreable.

Iunon.

Que les mortels, Illus, auec leurs foibles yeux
Sçauent mal penetrer dans le secret des Cieux!
Souuent les plus sensez fondant leurs coniectures
Sur les commencemens des grandes auantures,
(Commencemens trompeurs qu'vn bizarre destin
Produit presque touiours contraires à leur fin)
Par le fol desespoir que leur erreur fait naistre
S'opposent au succés qu'ils ont voulu connoistre:
Mais nous qui connoissons ces chiffres estoilez
Où les temps à venir sont si bien demeslez,
Nous y voyons sécher l'herbe que la rosée
Auoit auecque soin chaque jour arrosée,

E lo renda fecondo
Di Sirio, e d'Aquilon l'arido fiato?
Che resti in picciol stagno
D'vn Giasone, e d'vn Tifi il legno absorto,
Ch' a i naufragi conduca aura tranquilla,
Et auuersa tempesta al lieto porto.
Vanne dunque, e pur spera, e non t'annoi
Il dar più fede à me, ch' a i sensi tuoi.

Scendono su 'l palco Hyllo e Giunone e poi questa parte e rimonta al Cielo nella sua Machina, nella quale i Zefiri inuitati da essa formano la 5. danza.

Hyllo. Diua douunque io sia
Non sò sè posi in Cielo, ò in terra il piede,
Così di sue fortune
Pur' incerta sen va l'anima mia.

Giunone.

Congedo à gl' horridi
Suoi flutti altissimi
Poi ch' il Mar diè,
Zefiri floridi
Sù festosissimi
Volate à mè,
E in danza lepida
Da voi si uenere
La mia virtù,
Che sempre intrepida
Contro di Venere
Vittrice fù.

Sol gl' amor regnino
Da quali spieghisi
Honesto ardor,
E i Cieli sdègnino
Ch' in altro impieghisi
Il lor fauor:
Desir che seguino
Affetti ignobili
Stian sempre in duol,
E si dileguino
Dall' alme nobili
Qual nebbia al Sol.

Et fleurir émaillé de mille belles fleurs
Le champ que l'Aquilon brûla de ses chaleurs,
Que le plus doux Zephir souuent meine au naufrage;
Et que l'on est poussé dans le port par l'orage.
Va donc, Illus, espere, & pour ton plus grand bien
Crois que mon sentiment doit preualoir au tien.

Illus.

Ie ne sçais où je suis, & mon ame interdite
Doute si c'est la Terre ou le Ciel qu'elle habite.

Iunon.

Maintenant que la mer dans vn profond repos
A calmé le bruit de ses flots;
Zephirs, joyeux de la victoire
Que sur Venus ie viens de remporter;
Venez tous m'en feliciter,
Et par cent ieux plaisans en celebrer la gloire
Que les seuls amours innocens
Reignent sur les cœurs, & les sens;
Que le Ciel sur eux seuls déploye
Tout ce qu'il a de douceurs & de ioye:
Que des crimineles ardeurs,
Les obscures & tristes flammes,
Ne traisnant auec soy qu'ennuis & que douleurs,
N'entrent plus dans les belles ames.

Illus descend de la machine de Iunon sur le Theatre, & Iunon remonte au Ciel: les Zephirs appellez par elle font la cinquiesme entrée du Ballet.

SCENA SESTA.

Si cangia la Scena in vn giardin di Cipreßi pieno di sepolcri Reali.

Dejanira, Licco.

Deianira. ET à che peggio i fati ahi mi serbaro?
Ah che ben mi guidaro
Gl' addolorati miei languidi passi
A' trouare in alcun di questi sassi
Come far sazio il mio destino auaro?
Et à che peggio i fati ahi mi serbaro?
Alfin perduto hò il figlio
E già vicina è l'hora,
Che dona ad altra sposa il mio Consorte,
Nè perciò auuien ch' io mora?
Armi non hà da vccidermi la morte,
Già che tanti dolor non mi sbranaro;
Et à che peggio i fati ahi mi serbaro?
Prendi Licco fedele
Questi de' miei tesor poueri auanzi
Per passar meno incomodi i tuoi giorni,
E rimira se puoi,
Vn di questi sepolcri aprirmi in cui
D'ogni speranza di conforto ignuda
Per non mirar più il sol mi colchi, e chiuda.

Licco. Ah Dejanira io non son tanto accorto
Che possa in sì gran carichi seruirti
Di Tesoriere insieme, e Beccamorto:
Nè sò s'habbi pensato,

SCENE VI.

La Scene se change en vn Iardin de Cyprès, plein de magnifiques sepulchres.

Dejanire, Liccas.

Dejanire.

Q'Vheureusement i'arriue entre tous ces tombeaux
Pour y pouuoir finir, & ma vie, & mes maux,
Mon Fils est desia mort, & i'approche de l'heure
Que mon espoux me quitte, & qu'il faut que ie meure;
Desia mesme la mort croit que ie suis au rang
De ceux de qui son dard a répandu le Sang;
Et ie n'ay plus en moy que ce qu'il faut de vie
Pour souffrir sans relâche vne peine infinie.
Prend, fidelle Licas, de ma mourante main
Tout le bien que me laisse vn sort trop inhumain,
Prends de tous mes thresors ce reste miserable,
Pour te rendre la vie vn peu plus supportable,
Et tasche de m'ouurir vn de ces monumens
Où ie termine, enfin, ma vie & mes tourmens.

Licas.

Vous estes dans l'ennuy, dont vostre esprit s'accable,
Trop cruelle vers vous, vers moy trop pitoyable,

Ch'esser preso così quindi io potrei
Per omicida, e ladro,
E con solennità condotto al posto
Di sublime appiccato,
Onde fora trà noi sorte ben varia,
Tù morresti sotterra, ed io nell' aria.
Deh scaccia ò Dejanira,
Desio sì forsennato,
Che di quanti nell'Vrna habbia Pandora
E disastri, e ruine, e pene, e danni,
E dolori, & affanni
E angoscie, e crepacori io ti sò dire,
Ch'il peggior mal di tutti è di morire.
Mà che pompa funebre.
Scorgo venir? tiriamoci in vn lato
Che qual lugubre aspetto à tè fia grato.

SCENA SETTIMA.

Iole con la pompa funebre, Choro di Sacrificanti, Ombra d'Eutyro, Dejanira, Licco, Choro di Damigelle d'Iole,

Choro di Sacrific. GRadisci ò Ré,
Il caldo pianto
Ch'in mesto ammanto
Afflitta gente
Dal cor dolente
Sparge per te!
Gradisci ò Rè.
Tua sepoltura
I fior riceua
Che Selua oscura
Germogliar fè:
E il sangue beua,
Che per man monda
Vacca infeconda
Suenata diè,
Gradisci ò Rè.

Et ce

Et ce que vos douleurs exigent de ma foy
Seroit honteux pour vous, & dangereux pour moy.
Mais revenez à vous, vertueuse Princesse,
De tout ce qu'enfermoit de douleur, de tristesse,
De pertes, de tourmens, de colere & d'ennuis,
Ce vaisseau si fatal à Pandore commis,
De ces maux assemblez, j'ose encor vous le dire,
La mort, l'affreuse mort est sans doute le pire.
Mais quel triste appareil s'approche de ces lieux?
Ce pitoyable objet sera doux à vos yeux.

SCENE VII.

Chœur de Prestres, Yole, Ombre d'Eutyre, Dejanire, Licas.

Chœur de Prestres.

REçois, ô puissant Monarque,
Reçois un torrent de pleurs
De nos ameres douleurs,
Foible, mais sincere marque.

Iole. E ſe pur ne gli eſtinri
Di generoſità pregio rimane,
Permetti ò Genitore,
Che dopo hauer io tanto (ahi laſſa) in vano
Per vendicarti oprato
Ceda al voler del fato,
E che non già queſt' Alma,
Mà ſol di lei la ſventurata ſalma
Per l'iniquo Tiranno
(Per cui grato mi fora
Più del talamo il rogo)
Di sforzati Imenei ſottentri al giogo.

Choro. Ah ch' il real Sepolcro
Formando entro di sè dubbi mugiti:
Ah, ah, (ch' eſſer ciò puote?)
Tutto trema, e ſi ſcuote.

Rouina il ſepolcro d'Eutyro, & appariſce l'ombra di lui.

Eutyro. Che ſacrifici ingrati?
Che prigei ingiurioſi?
Che voti obrobrioſi?
Porgonſi à me? così s'oltraggia Eutyrò?
Così fia, ch' à ſua voglia
Fredda inſenſibil' ombra ogn' vn mi creda?
Farò ben, che s'auueda
L'omicida ladron, s'ancor m'adiro?
E ſe contro di lui
Odio, rabbia, e furor più che mai ſpiro?
Dunque chi del mio Sangue
Pè ſcempio ingiuſto, del mio Sangue ancora
Far vorrà ſuo diletto? ah non fia mai:

Yole.

Si dans ta cendre esteinte il peut estre resté
Quelque foible rayon de generosité,
Permets, Ombre de moy pour jamais respectée,
Qu'apres que pour vanger ta mort si regretée,
I'ay cent fois, mais helas! vainement fait effort,
Malgré moy ie me rende au volontez du sort:
Permets que i'abandonne au Tyran qui m'opprime,
Non mon cœur qui le hait, mais mon corps pour victime,
Seur qu'abhorrant l'Hymen que je vois approcher,
Plus aisément qu'au lit, j'irois sur le buscher.

Chœur.

Ha! qu'est-ce que j'entends? vn bruit sourd, ce me semble,
Sort du fond du Sepulchre, & ie le vois qui tremble.

Le Sepulchre d'Eutyre tombe en ruine, & son Ombre paroist.

Eutyre.

Quel Sacrifice ingrat! quel deuoirs odieux!
Cessez de m'outrager, honneurs injurieux.
Depuis que des viuans ie ne suis plus du nombre
On ne me prend donc plus que pour vne froide Ombre,
Qui sans force & sans voix au fond du monument
Ne sçauroit témoigner son vif ressentiment?
Mais ie feray bien voir au Tyran qui m'outrage,
Que j'ay sceu conseruer ma force & mon courage.
Quoy? luy qui dans mon sang assouuit son courroux,
Trouuera dans mon sang ses plaisirs les plus doux?

E tù dar vita a i parti
Di chi morte à mè di è (figlia) potrai?

Iole. Ben resistea l'auuerso mio volere
D'Ercole alle preghiere,
E alla forza di lui pur fatta haurei
Resistenza inuincibile, mà d'Hyllo,
D'Hyllo à tè già non men, ch'à mè si caro,
Che della nostre offese
Mon fù complice mai:
Anzi che ne sofferse
Al par di noi con amorosa, e immensa
Compassione il duolo,
D'Hyllo, ohimè, di lui solo
Il periglio mortale
M'astrinse à consentire
All' aborritè nozze,
Com' vnico riparo al suo morire:
Dunque perdona, ò Genitor, l'intento
Di queste sacre pompe
Ch' Amor, che non hà legge
Ogni legge à sua voglia ò scioglie, ò rompe.

Eutyro. Tant'hà d'Eutyro il nudo spirto ancora
Inuisibil possanza,
Che neglette, e schernite
Le temerarie voglie
Del nemico fellone,
Saprà saluare insieme
L'innocente garzone,

Dejanira. O Dio dunque lasciate,
Ch' à mè di chi v'offese offesa moglie,

Et ma Fille, à mes yeux, pourroit donner la vie
Aux enfans de celuy qui me l'auroit ravie?

Yole.

Alcide par ses vœux en vain m'osa tenter,
En vain par sa puissance il eust creu me dompter,
Mais Illus, dont toûjours l'amitié vous fut chere,
Illus, fils innocent de ce barbare Pere,
Et qui dans nos malheurs, touché par la pitié,
Sembloit en supporter la plus grande moitié,
Cet Illus en peril, pour son Rival me presse,
Ma haine en cet endroit le cede à ma tendresse;
Et pour sauver Illus d'un trespas asseuré
Ie m'offre au triste Hymen que j'ay tant abhorré.
Qu'vn semblable motif, cher Pere, vous flechisse,
Et vous fasse agréer cet humble Sacrifice,
Car Amour, que les loix ne sçauroient obliger;
Peut à son gré les rompre & nous en dégager.

Eutyre.

Ie sçauray bien punir cette injuste esperance
Qu'Alcide a de te voir soûmise à sa puissance,
Ma Fille, reprens cœur, ton Pere quoy que mort
Pour sauver ton Amant est encor assez fort.

Dejanire.

Sans passer plus auant, permettez l'vn & l'autre,
Que mon aspre douleur se mesle auec la vostre;
D'Alcide, dont tous deux vous ressentez les coups.
Ie suis femme offensée & pleine de courroux;

E di chi tanto fauorir bramate
Madre, ohimè, semiuiua or sia concesso
D'accomunar con voi l'aspre mie doglie;
Per conseruarmi il figlio
Priuarmi di marito,
O di remedio reo misero aborto,
O disperata speme! Hyllo è già morto.

Iole. Ohimè, che dì!

Dejanira. Sul più vicino scoglio
Della di lui prigion mentre attendeuo,
Che qualche picciol legno
Colà mi conducesse
A' consolarlo almen col mio cordoglio,
Lo vidi all'improuiso, ohimè, dall' alto
Cader nel Mar d'vn salto.
E se non lo seguij;
Fù perche dal dolore (ahi, soprà fatta
Caddi al suol tramortita,
E per man de gli astanti
Con mal saggia pietà quindi fui tratta.

Eutyro. Dunque à qual' altro fin, che per più strano
Mio spregio, e scorno? or di tè far vorrai
Vn' esecrabil dono
Al barbaro inhumano?
Ch' altra moglie trafige, altra abbandona,
E nè meno à suoi figli empio perdona.
Deh con giusto coraggio
Saggiamente pentita,
Rinuntia à vn tanto error mentr' io ritorno
Del fumante Cocyto all' aria impura

De cet Illus, pour qui voſtre amour s'intereſſe,
Je ſuis la mere, helas! trop pleine de tendreſſe;
Mais ſur ces ſentimens ſi juſtement conceus,
Mon deuoir toutesfois tient encor le deſſus,
Et pour ſauuer mon Fils perdre vn Eſpoux que i'ayme,
M'eſt vn remede, enfin, pire que la mort meſme:
Mais ce remede, helas! quand il ſeroit plus doux,
Apres qu'Illus eſt mort, ne peut.

Yole.

Que dites-vous?
Illus eſt mort?

Dejanire.

Il l'eſt, au ſommet de la roche
Qui de la Tour du port m'a paru la plus proche,
J'attendois vn batteau pour aller pres de luy
Adoucir par mes pleurs ſon legitime ennuy,
Quand ie l'ay veu ſoudain, d'vn élans temeraire,
Se jetter dans la Mer pour finir ſa miſere:
I'allois le ſuiure, helas! mais mon reſſentiment
M'a fait ſur le rocher tomber ſans mouuement,
Et des Peſcheurs voiſins la pitié mal-inſtruite
M'éloignant de la Mer en ces lieux m'a conduite.

Eutyre.

Pourquoy donc deſormais, ſinon pour m'outrager,
A ce funeſte Hymen pourrois-tu t'engager?
De deux femmes, ce Traiſtre, à qui ton choix te donne,
En a mis l'vne à mort & l'autre il l'abandonne,

Alle ſponde infocate
Per vnire in congiura
L'Anime ch'il crudele à morte hà date:
E ben vedrai ch' in vano io non prefiſſi
Di ſolleuar contro di lui gli abiſſi.

L'Ombra di Eutyro ſpariſce.

Iole. Hyllo il mio bene è morto? altro che pianti
Vuol da mè tal dolore:
Egli ſol per mio amore
Diſperato s'vcciſe, ed io frà tanti
Segni della ſua fè ſempre più chiari
Fia ch' à morir dalla ſua fede impari:
Troppo io pregiai la vita, & or m' auueggio
Quanto il morir più vale,
Queſta ſpoglia mortale
Scopo è ſol di ſuenture, e degno ſeggio
D'Amor ſono gli Eliſei, ou' ei più ſplende
Nè Tirannia, nè duolo alcun l'offende.
Attendetemi dunque, alme dilette
D'Hyllo, e d'Eutyro in pace,
Ch'à raggiungerui io corro; ombra ſeguace.

Licco. Ferma ti prego, e poiche (grazie al Cielo)
Tornò l'horribil' ombra à Caſa ſua,
E ch'à mè così torna, e fiato, e voce;
Vuo dar grato conſiglio à tutte e dua.
E che miglior rimedio?
A' tanti veſtri ſpaſimi di quello
A' proporui ſon pronto?
Ch'è di guarire ad Ercole il Ceruello.
Quand' egli ſi raccenda
Per tè del congiugal douuto affetto,

Et pour

Et pour le plus noir crime incapable d'horreur,
A, sur son propre Fils exercé sa fureur:
Romps par vn repentir honneste & salutaire
Cet Hymen à tes jours, à mes veux si contraire,
Cependant pour vanger tant d'outrages soufferts,
D'vn vol precipité je retourne aux Enfers,
D'où je feray sortir contre l'iniuste Alcide
Les Ombres de cent Roys dont il fut l'homicide.

L'ombre d'Eutyre disparoist.

Yole.

Quoy donc, Illus est mort? De si iustes douleurs
Veulent de mon amour beaucoup plus que des pleurs:
C'est pour moy seulement qu'il a perdu la vie,
Sa mort sera bien-tost de la mienne suiuie;
Tant de preuues d'amour, de courage & de foy,
Trop genereux Amant, que ie receus de toy,
Doiuent m'apprendre, enfin, à bien mettre en pratique
Ce noble desespoir d'vn amour heroïque.
Chere Ombre de mon Pere, Ombre de mon Amant,
La mienne vous va suiure, attendez vn moment,
Vostre iniuste trespas, dont ie me sens coupable,
Pour vous vanger tous deux rend ma mort equitable.

Licas.

Arrestez, ie vous prie, & puisque, grace aux Dieux,
Ce terrible fantosme est party de ces lieux,
Et que ma voix long-temps par la peur retenuë,
Quand il est disparu, m'est enfin reuenuë,
Ecoutez vn conseil vtile à toutes deux,
Pourueu que vostre Espoux, de vous seule amoureux,
Au lieu de rechercher vn nouuel hymenée,
Vous conserue la foy qu'il vous auoit donnée,

R

E che non curi più nuoui Imenei;
Ditemi ciò non parui
Assai per consolarui?
Dunque non ti souuiene, ò Dejanira,
Che per ciò far mezo sì raro hauemo?
Veggio, ch' il duol' estremo
Ti rende smemorata, e quella veste,
Che già Nesso Centauro
In morendo à tè diè, quì pur non vale?
Per far ch' Alcide allor che l'abbia in dosso
Ogn' altro amor ch' il tuo ponga in non cale?

Dejanira. Chi sà, che sia ben ver?

Licco. Nè farem proua.

Iole. Mà ciò per rauuiuare Hyllo non gioua.

Licco. Oh che strane domande!
Mà ben potrei risuscitare vn morto,
S'à contentar due femine mi posi,
Ch'è d'ogni altro impossibile il più grande,
S'in vece, che per troppa impatienza
Posar monte sù monte
Auesser li Giganti à sasso à sasso
Fabricato il lor ponte;
Al dispetto di Gioue
Sarian montati in Cielo à far fracasso.
Si và di là dal Mondo à passo à passo.
Nè fia vano il tentare
Di leuarci vn' ostacolo cotanto
Com' è d'hauer con Ercole à cozzare,
Che poi dall' altro canto
Chi sà? ch'Hyllo sentendosi bagnato

Vous serez en repos & la Princesse & vous,
Et nous auons dequoy le ramener à nous.

Dejanire.

Qu'auons-nous donc, Licas?

Licas. *Dieux! qui le pourroit croire?*
Vos maux vous ont déja fait perdre la memoire:
Ne vous souuient-il pas de ce don precieux
Que vous fit le Centaure expirant à vos yeux?
Auez-vous oublié cette rare chemise
Qui doit dés le moment qu'Alcide l'aura mise
Eloigner de son cœur toute autre passion
Pour le faire respondre à vostre affection?

Dejanire.

Mais, helas! ce n'est pas vne chose certaine.

Licas.

Nous pouuons l'éprouuer & sans beaucoup de peine.

Yole, à Licas.

Ce remede & tes soins sont pour moy superflus
Si tu ne fais aussi reuiure mon Illus.

Licas

Quelle demande, ô Dieux! les Enfans de la terre
Voulant dans le Ciel mesme aller porter la guerre,
Mirent, impatiens d'en trop tost approcher,
Sans ordre mont sur mont, & rocher sur rocher;
Mais si d'vne maniere & plus seure & plus sage
Ils eussent lentement auancé leur ouurage,
Sans doute auec le temps, malgré l'effort des Dieux,
Ils auroient fait vn pont pour arriuer aux Cieux.
En marchant pas-à-pas le voyageur s'auance,
Pour finir vne affaire il faut qu'on l'a commence,

Fatto più ſaggio non ſi ſia' pentito
Et à nuoto ſaluato.

Tutti trè. Vna ſtilla di ſpene
Oh che mar di dolcezza!
Per vn' anima auuezza
A languir ſempre in pene:
Vna ſtilla di ſpene,
Benchè tal' or mentita
Nelle già fredde vene
Riconduce la vita,
E per ſtupenda proua
Fin con l'inganno gioua.

Le Damigelle d' Iole rimaſte à piangere preſſo le Rouine del ſepolcro d'Eutyro, alla viſta di quatr' Ombre ſi ſpauentano, e formano così con le dett' Ombre la 6. danza, per fine dell' Atto quarto.

Fine dell' Atto quarto.

Et c'est bien commencer à sortir d'embaras
Que de ne plus auoir Hercule sur les bras.
Qui sçait si vostre Illus, aualant l'onde amere,
N'aura point reconnû son erreur temeraire,
Et deuenu plus sage à l'aspect de la mort,
D'eschapper de ses mains n'aura point fait effort?

TOUS.

Helas! qu'vn rayon d'esperance
Est vne sensible douceur
Pour vn Amant de qui le cœur
Se consume dans la souffrance.
O! que le moindre espoir a sur nous de puissance,
Son plus grossier mensonge est pour nous si charmant
Que mesme en nous trompant, contre toute apparence,
Il nous donne souuent vn vray soulagement.

Les Dames de la Cour d'Yole, qui s'estoient arrestées à pleurer aupres du Sepulchre d'Eutyre, voyant paroistre de nouuelles Ombres, prennent l'épouuante, & forment la sixiéme Entrée du Ballet à la fin du Quatriesme Acte.

ATTO QVINTO.

La Scena si cangia in Inferno.

SCENA PRIMA.

Ombra d'Eutyro, Choro d'Anime Infernali. Clerica, Laomedonte, Bußiride.

Eutyro. COme solo ad vn grido,
Che gionto à pena d'Acheronte al lido
Formai, vi radunate Anime ardite?
Sù, così pur contro il commun nemico
Vostro furore alla mia rabbia vnite,
Che più dunque s'aspetta?
Pera mora il crudel, sù sù vendetta.

Choro. Pera mora il crudel, sù sù vendetta.

Clerica Regina di Cos. Pera mora l'indegno
Di cui più scelerato vnqua non visse,
Che del Troïano eccidio ancor fumante
Non mai satio di Sangue
I miei poueri figli, e mè trafisse.
O bella gloria in vero
D'vn' vccisor di mostri,
Impiegare il vigore
Con cui d'hauer si vanta
Sostenute le stelle
Contro teneri parti, e Madre imbelle.
Ah ver' vn chiostro

ACTE V.

La Scene se change, & represente vn Enfer.

SCENE PREMIERE.

Ombre d'Eutyre. Choeur d'Ombres. Clarice. Laomedon. Bussiride.

Ombre d'Eutyre.

I'Ayme à voir qu'vn seul cry fait sur ces tristes riues
Vous assemble si-tost, Ombres vindicatiues,
Contre l'autheur commun de nos communs malheurs,
A ma iuste fureur vnissez vos fureurs,
Vangez-moy, vangez-vous; il faut, il faut qu'il meure.

Le Chœur.

Vangez-nous, vangez-vous, qu'il meure toute à l'heure.

Clarice.

Qu'il meure, le cruel, qui n'aymant que le sang
De mes Fils & de moy perça le triste flanc:
Employ vrayment pompeux! & vrayment magnifique
De ce cœur genereux, de ce bras heroïque,
Qui de dompteur de monstre & de soustien des Cieux
Affecte insolemment les tiltres glorieux,

Più fiero mostro
Di lui non ha.
E se il crudel
Per nostro vfficio
Hoggi cadrà
Mai sacrificio
Più grato al Ciel
Altri fè, nè mai farà.
Che più dunque s'aspetta?
Pera mora il crudel, sù, sù vendetta.

Choro. Pera mora, &c.

Laomedonte Rè di Troia. Pera mora il peruerso
Che d'vn sol' atto di pietà, che mai
Trà le barbarie sue contar potesse,
Qual mercenario vile
Richiedendone il prezzo,
Ne' contenti assai tosto
Gl' auidi suoi desir quanto maluagi,
Si pagò col mio sangue, e mille stragi.
Sù sù sbranamolo,
Sù laceramolo
Giustitia il vol,
Paghi egl' ancor
L'altrui dolor
Col propio duol.
Che più dunque s'aspetta?
Pera mora il crudel, sù, sù vendetta.

Choro. Pera mora, &c.

Bussiride Ré d'Egitto. Pera mora l'iniquo,
Ch' dell' Eterco Gioue,
Ingratissimo al pari,

Sans effort, sans combat, soüiller ses mains infames
Dans le timide sang des enfans & des femmes.
Quel farouche animal, plus que toy dangereux,
Peut nourrir la Lybie en ses deserts affreux?
Monstre odieux au Ciel, & nuisible à la terre,
Tout l'Vniuers vny te declare la guerre,
Et qui t'immolera, va d'vn coup glorieux
Vanger tous les mortels, & plaire à tous les Dieux:
Mais qu'attendons-nous donc? marchons, il faut qu'il meure,
Vangez-vous, vangez-nous, qu'il meure tout à l'heure.

Le Chœur.

Vangez-nous, vangez-vous, qu'il meure tout à l'heure.

Laomedon.

Qu'il meure, le cruel, dont le barbare cœur,
Pour mile actes fameux d'vne injuste rigueur,
N'ayant sceu qu'vne fois proteger l'innocence
En a si laschement demandé recompense,
Et voyant differer ce prix peu merité
Assouuit dans mon sang sa dure auidité:
Allons le deschirer, il est iuste qu'il meure,
Vangez-nous, vangez-vous, qu'il meure tout à l'heure.

Le Chœur.

Vangez-nous, vangez-vous, qu'il meure tout à l'heure.

Bussiride.

Qu'il meure, l'insolent, qui du plus grand des Dieux
Tenant auec le iour tant de dons precieux,
Fils, mal recognoissant, autant qu'illegitime,
Rauit à ses autels, encens, Prestre, & victime:

Ch' in legitimo figlio,
Di Sacerdoti, e vittime più degne,
Con sacrilega man spogliò l'altari.
Pera l'abomineuole; Mà pera
Della più cruda morte,
Ch' per esempio eterno;
Inuentar possa mai l'irato inferno?
Quanti mai stratij,
Nei negri spatij,
Pluto adunò
Tutti s'vnischino,
Et assalischino,
Chi nè suenò:
Che più dunque s'aspetta
Pera mora il crudel, sú sù vendetta.

Choro. Pera mora, &c.

Eutyro. Se nel terrestre mondo
Per iniquo fauor d'ingiusto Cielo
Il suo corporeo velo
Alla nostra mortal spoglia preualse,
Ad onta del suo orgoglio al fine impari,
Che di sdegno, e di forze ogn' alma è pari.
Che? se più lo lasciamo
Respirar inpunito
In pace, e tirannia l'aure vitali,
Crederà con ragione,
Che sian di timid' ombre, e neghittose
I Regni di Pluton tane otiose.
Sù, sù dunque ombre terribili
Sù voliam tutte in Eocalia,

Qu'il meure, le meschant, mais d'vn coup si cruel,
Qu'il soit de nos fureurs vn exemple eternel.
Que tout ce qu'en ce lieu, destiné pour les peines,
Pluton sceut assembler de tourmens & de gesnes,
S'vnisse en ce moment, & par vn digne effort
Fasse mourir celuy qui nous donna la mort:
Marchons sans perdre temps, marchons, il faut qu'il meure,
Vangez-nous, vangez-vous, qu'il meure tout à l'heure.

Le Chœur.

Vangez-nous, vangez-vous, qu'il meure tout à l'heure.

Eutyre.

S'il eut de la nature vn corps dont la vigueur
Des plus forts des humains le rendit le vainqueur,
Faisons-luy voir, enfin, domptant son insolence,
Que toute ame icy bas est égale en puissance:
Souffrir qu'il viue encore & regne impunément,
C'est luy faire juger trop raisonnablement,
Que du triste Acheron les riues tenebreuses
Sont des foibles Esprits les retraites honteuses.
Allons donc, & portons jusqu'au fond de son cœur
Tout ce qu'ont les Enfers de peines & d'horreur.

Nuoua in Ciel schiera stimphalia
Contra il reo furie inuisibili,
E con le vipere
Onde Tesifone
Tormenta l'anime
Flagellamogli il Cor;
Fin ch' immenso dolor
Con angoscie rabbiose il renda esanime.

Choro. Sù, sù, dunque all' armi, sù, sù,
Sù corriamo à vendicarci,
Ch' altro ben non può mai darci
Il destino di quaggiù.
E che gioua assordar quest' Antri più
Con il vano rumor de' nostri carmi?
Sù, sù dunque all' armi, all' armi.

Eutyro. Ah più val più diletta,
Che quante gioie hà il Ciel' vna vendetta.

Choro. Ah più val, &c.

SCENA SECONDA.

La Scena si cangia in vn Portico del Tempio di Giunone Pronuba.

Ercole, Jole, Licco, Dejanira, Choro di Sacerdoti di Giunone Pronuba.

Ercole. ALfine il Ciel d'Amor
Per mè si serenò,
Ei nembi di rigor
In gioie distemprò,
Sol nel mio Cor pur sento

Le Chœur.

Aux armes, compagnons, courons à la vengeance;
Ce plaisir seul encore est en nostre puissance,
Que de ces lieux nos cris cessent de raisonner,
C'est trop long-temps nous plaindre, allons, allons donner.

Eutyre.

La vengeance vaut mieux & me plaist dauantage
Que tout ce qu'a le Ciel de douceurs en partage.

SCENE II.

La Scene se change en vn Portique du Temple d'Hymen.

Hercule. Yole. Licas. Dejaniro. Chœur de Sacrificateurs.

Hercule.

L'Amour, enfin, deuenu doux,
Change en faueurs pour moy ce qu'il eut de courroux;
Il me promet déja des faueurs eternelles,
Et rien ne peut troubler des attentes si belles
Que mon desir trop violent,
Qui dérobant du Temps la vistesse & les aisles
Me le fait paroistre trop lent.

Vn soaue martir,
Ch'habbia per gir più lento
Dati il Tempo i suoi vanni al mio desir.
Mà pur l'amata Iole
L'adorato mio sole ecco à mè viene,
Dunque affatto il mio sen sgombrate ò pene;
Che di sì rigid' alma
Qual si sia la Vittoria io n' hò la palma,
E l'ardente mio spirto
Pospon tutti i suoi Lauri à vn sì bel Mirto:

Licco. Quando com' è tuo vffizio,
Dar quella veste ad Ercole dourai
Per far di Nozze tali il sagrifizio,
Quest' altra in vece, il cui valor ben sai?
Destramente da me prender potrai.

Iole. Così farò: mà che? per diffidenza
Di rimedio sì incerto, hò il sen ripieno
Di gelosa temenza.
Pur quando mi tradisca ogn' altro scampo,
Soccorso mi darà pronto veleno.

Ercole. Deh non mouere Iole il piè restio,
Ver chi dominator del Mondo intero
Solo in goder dell' Alma tua l'impero
Pon la felicità del suo desio.
Et il sacro Concento
Sciolgasi omai, ch'à mè di tali indugi
Grado è d'immensa pena ogni momento.

Choro. Pronuba, e casta Dea
L'Alme de nuoui sposi
Con lacci auuenturosi
Annoda; e bea.

Mais l'objet de mes vœux, Yole vient icy;
Sortez de mon esprit, incomode soucy,
Pour fier que soit son cœur, ma constance a la gloire
D'auoir enfin sur luy r'emporté la victoire,
Et le mien qui se donne à l'Amour tout entier
Prefere ce doux Mirthe à mon plus beau Laurier.

Licas. à Yole à part.

Quand pour le Sacrifice (ainsi qu'il se pratique)
Alcide te viendra demander sa Tunique,
Tu prendras de mes mains, sans qu'il le puisse voir,
Cette autre que voicy, dont tu sçais le pouuoir.

Yole.

Je le veux; Mais, helas! qu'vn si douteux remede
Bannit mal de mon cœur l'effroy qui me possede!
Mais si ie perds l'espoir de tout autre secours,
Ce poison, de mes maux terminera le cours.

Hercule.

Princesse, receuez sous vostre obeïssance
Vn Prince qui tenant la terre en sa puissance,
N'a pas tant de plaisir à s'en voir le vainqueur
Qu'à pouuoir esperer de gagner vostre cœur;
Et venez commencer cet heureux Sacrifice
Qui doit à nostre Hymen rendre le Ciel propice,
Car enfin, belle Reyne, vn bien si desiré
Ne peut estre sans peine vn moment differé.

Le Chœur.

Grands Dieux, qui presidez au ioyeux Hymenée,
Joignez les cœurs de ces Espoux
D'vn lien si ferme & si doux
Qu'il fasse pour iamais l'heur de leurs destinées.

E quieta, e gioconda
Da' lor Nestorea vita,
E gl' amplessi feconda
Con progenie infinita.

Ercole. E di che temi, Iole, e di che tremi?

Iole. Ecco il mio viuer giunto
A' vn formidabil' punto.

Ercole. Deh sù, porgimi ardita
La veste, ond' io ben tosto
Per i nostri Imenei
Renda olocausto a i Dei.

Choro. Pronuba; e casta Dea, &c.

Ercole. Mà qual pungente arsura
La mia ruuida scorza intorno assale?
Qual' incognito male
D'offendermi temendo
Serpe nascoso per le vene al Core?
Qual' immenso dolore, ahi, mi conquide?
E per dar morte à mè tanto più dura
In vista de' contenti, oh Dio, m'vccide?
E tù lo soffri, ò Genitore? e lasci,
Ch' io, che con piè temuto
Passeggiai della morte i Regni illeso,
E che fin dalla Cuna
Di belle glorie adorni
Tutti contai della mia vita i giorni,
Hor senz' hauere à fronte
Sanguinoso nemico (ah rio martire,
Che della morte ancor viè più m'accora)
In ozio vil quì mora?

Faite

Faites que dans la paix & les contentemens
Ils demeurent long-temps au monde,
Qu'vne posterité feconde
Naisse de leurs embrassemens.

Hercule.

Pourquoy donc tremblez-vous ?

Yole, bas. *Amour, par ta conduite*
A quelle extremité me vois-ie, enfin, reduite !

Hercule.

Donnez-moy sans frayeur ce cher habillement,
Dont estant reuestu ie puisse heureusement
Offrir aux Immortels d'innocentes Victimes,
Et meriter l'aueu de nos feux legitimes.

Le Chœur.

Grands Dieux, qui presidez au ioyeux Hymenée,
Ioignez, &c.

Hercule.

Mais quel feu deuorant ose offencer ainsi
Ce corps à cent trauaux de long temps endurcy ?
Quel mal vient m'attaquer que ie ne puis connoistre ?
Vn mal lasche & timide, & qui n'osant paroistre,
Dans mes veines se glisse, & trompant ma valeur,
Trouue vn chemin caché pour aller à mon cœur.
Ha ! maligne douleur ! douleur insupportable,
Douleur qui pour me faire vn sort plus miserable,
Me fais trouuer la mort au moment bien-heureux
Que ie vois accomplir mes desirs amoureux.
Iupiter, souffrez-vous que ma valeur supresme
Qui tira des captifs des mains de la mort mesme,

Senza che gloria alcuna
Renda almen di mè degno il mio morire.
Almen di nubi oſcure
Vela queſt' aria intorno
Si che ſorte maligna
Di mè grato ſpettacolo non faccia
All' implacabil mia cruda matrigna;
E per quando la tua
Inſenſata pigrizia, (oh gran Tonante)
Il conquaſſo deſtina
Dell' Vniuerſo, ohimè, s'ora nol fai?
E à che riſerbi il Cielo?
Che nel perder' Alcide à perder vai?
Mà l'atroce mia doglia
Imperuerſando ogn' or pochi reſpiri
Mi laſcia più, deh s'il morire è forza,
Ardaſi la mia ſpoglia
Nè della terra, i di cui figli vcciſi
S'eſponga ad vn rifiuto:
A Dio Cielo, à Dio Iole; eccomi Pluto.

Licco. Che dite? il mio non fù rimedio tardo;
Mà vn poco più (ch' io non credea) gagliardo.
Pùr ciaſcuna di voi di già rimira
Il penoſo deſtin per sè finito
D'vn'amante importun, d'vn reo marito.
E non piangete già,
Che communque ch' auuenga à vn ſaggio core
Dar non ſi può quì giù ſorte migliore,
Che di viuere in pace, e libertà.

Et qui dés le berceau, dans mes trauaux guerriers,
A toujours fait compter mes iours par mes Lauriers;
Sans voir ſon ennemy, ſans pouuoir s'en defendre,
Sentant venir le coup ſoit contrainte à l'attendre,
Et n'oſe puiſſe au moins apres le iour perdu
Flater du ſouuenir de l'auoir defendu.
Tu verras, Pere oyſif! les Enfans de la terre,
Bien-toſt apres ma mort renouueller la guerre,
Et Pluton mal-content de ſon throſne odieux,
Te venir conteſter la Couronne des Cieux.
Mais puiſqu'à mes douleurs ton pouuoir m'abandonne;
Fais qu'vn nuage épais maintenant m'enuironne,
Et qu'en mon deſeſpoir Iunon ne gouſte pas
L'heur de me voir perir d'vn ſi cruel treſpas.
Iuſqu'à quand en repos ta pareſſe profonde
Differe-t'elle encor d'ébranler tout le monde?
Et quand vſeras-tu de ſes droits abſolus,
Que tu perdras bien-toſt quand ie ne ſeray plus?
Mais, helas! ma douleur, qui ſans ceſſe s'augmente,
Acheue d'opprimer ma force languiſſante.
Ha! s'il faut que ie cede aux volontez du ſort,
Que l'on brûle mon corps lors que ie ſeray mort,
Et qu'on n'expoſe pas aux refus de la terre
Celuy qui fit aux ſiens vne ſi rude guerre.
Adieu, Ciel, adieu, Terre, & vous, Yole, adieu.
Pluton, viens receuoir l'Ombre d'vn demy-Dieu.

LICAS.

Qu'en dites-vous, Pour moy? de ce puiſſant remede,
I'attendois moins d'effet qu'il ne nous en ſuccede,
Car il deliure, enfin, l'vne & l'autre de vous
D'vn Amant incommode ou d'vn faſcheux Eſpoux.

Iole. Qual trà perigli estremi
Di strepitose, & horride ruuine
Vn ch'è saluato à sorte
Stupido resta, sì rimasi anch' io
Senza moto, nè voce; ah perche dunque
Hyllo il mio caro ben, perche morio?

Dejanira. Ah Nesso mi tradì, deh ti perdoni
O' Licco il Ciel l'inuolontario errore;
A dolor sù dolore
Egualmente infinito
Più resister non sò, mostrami oh morte
E del figlio la traccia, e del Consorte.
Mà che? l'ombra del figlio
Ecco ch' ad incontrarmi
Ver mè riede pietosa.

SCENA TERZA.

Iole, Dejanira, Licco, Hyllo.

Iole. VEggio, ò di veder parmi?
Non atteso contento?
Ah che dar fede à gl' occhi il cor non osa.
Dejanira. Oh che opportun ristoro?
Licco. Oh che spauento!
Iole. Hyllo?
Dejanira. Figlio?
Dejan. Iole. Sei tù!

Dejanire.

Ha! Licas, qu'as-tu fait? ha! douleur infinie!
Centaure, que tu m'as indignement trahie!

Yole.

Comme apres le débris d'vn Palais ruïné,
Celuy qui s'en eschappe en paroist estonné;
Ainsi mon cœur sorty de ce peril extresme
A peine, en ce desordre, à s'en croire soy-mesme.
Mais, helas! cher Illus, par quel bizarre sort,
Quand tu peux estre à moy, faut-il que tu sois mort?

Dejanire.

Terminons cette vie ennuyeuse & funeste,
De tant d'afflictions le miserable reste.
Mort, fais-moy suiure, enfin, par vn coup iuste & doux,
Les pas d'vn Fils si cher, & d'vn si grand Espoux.
Mais l'Ombre de mon Fils propice à mon enuie
S'approche, & vient m'ayder à quitter cette vie.

SCENE III.

Dejanire. Yole. Licas. Illus.

Yole.

DIeux! en effet, ie vois, ou du moins ie crois voir
Vn bien dont la douceur surpasse mon espoir.

Dejanire. à Illus.

Que tu viens à propos.

Licas. *Ma frayeur est extresme.*

Yole.

Cher Illus.

Dejanire. *Mon cher Fils.*

Dejanire, & Yole. *Parlez, est-ce vous mesme?*

Hyllo. Mercè di Giuno
Son' io dal mar saluato
Acciò per gl' occhi miei
Versi in vn mar di pianto il cor stemprato.
Se qual ridirlo intendo
Vero è del caro Padre il fato horrendo.

Dejanira. Ah figlio ahi troppo è ver, che mi riuedi
Vedoua afflitta, e sola.

Iole. Pur mio ben ti consola,
Che sè perdesti il Genitor crudele
Mè quì ritroui, e l'amor mio fedele.

Hyllo. Ah dunque il Ciel non seppe
Farmi teco felice?
Senza misero farmi, e suenturato
Con la mia Genitrice?

Licco. Oh ben tornato.

Hyllo. Ahi che con forza eguale à vn tempo istesso
Da gioia, e da dolore
Tratto in contrarie parti
Sento squarciarmi il core.

Deianira. Ohimè dunque che fia?

Licco Forz' è ch'io rida
Quel ch'è stato mai sempre
Da che morte impugnò falce homicida,

Illus.

C'est moy qui sans regret allois finir mes jours,
Mais Iunon, qui prit soin d'en prolonger le cours,
Me sauua de la Mer où j'estois sans allarmes,
Afin que ie formasse vne mer de mes larmes;
Car si mon Pere est mort, par quel torrent de pleurs
Pourrois-je satisfaire à mes iustes douleurs?

Dejanire.

Illus, il est trop vray que la Parque ennemie
Vient de trancher le fil de cette illustre vie.

Yole.

Mais vn Amant, enfin, pourroit se consoler
En regaignant le bien qu'on vouloit luy voler,
Et deuroit regarder auec moins de tristesse
L'accident qui luy rend sa fidelle Princesse.

Illus. à Yole.

Quel bizarre meslange en ce triste entretien
Offre ensemble à mon cœur tant de mal & de bien?
Et pourquoy dans l'instant qu'auec vous il respire,
A-t'il à soupirer auecque Dejanire?

Licas. à Yole.

Tout respond à vos vœux, & ce fidel Amant
Pour finir tous vos maux reuient heureusement.

Dejanire.

Le grand Alcide est mort, que faut-il que ie fasse
Dans vne si subite & si grande disgrace?

Licas.

Pour moy, ie ris de tout. Car depuis si long-temps
Que la mort fait mestier d'assassiner les gens,

Ch' altri auuien, che ſi ſtempre
In pochi, & altri in copioſi lutti.
Mà chi muore ſuo dànno.
Che toſto; ò tardi ſi conſolàn tutti.

Deianira. Saranno almen le ceneri d'Alcide
Le più pompoſe de' funebri honori
E più ſparſe di lagrime, e di fiori.

Hyllo. Certo è che i miei ſingulti
Non hauran fin.

Iole. Mà non ſia già che ſolo
Tu pianga amato ben, che ſe comune
Hò teco il cor ſia pur comune il duolo.

Licco. Hor che ſorte è la mia?
Che ſenza hauerne voglia,
Anch' io per compagnia
Conuerrà che mi doglia.

A 4. Dall' occaſo à gl' Eoi
Ah non ſia chi non pianga
Ch' oggi il ſol de gl' Eroi
Eſtinto, ohimè, rimanga.
Dall' occaſo à gl' Eoi
Ah non ſia chi non pianga.

Ie n'entends en tous lieux que le mesme langage,
L'vn s'afflige vn peu moins, l'autre vn peu dauantage;
Mais le mort est bien mort, tout le mal est pour luy,
Les autres tost ou tard finissent leur ennuy.

Dejanire.

Il ne sera iamais vne pompe funebre
Comme celle d'Alcide, & superbe & celebre.

Illus.

Cette mort à jamais me fera soupirer.

Yole.

Auec vous, cher Illus, vous me verrez pleurer;
Car deux ames qu'vnit vne mesme tendresse,
Ont les mesmes plaisirs & la mesme tristesse.

Licas.

Que l'exemple a de force! à voir pleurer ainsi,
Sans en auoir dessein, ie vais pleurer aussi.

Tous ensemble.

Que des bords où Phœbus, autheur de la lumiere,
Semble ouurir chaque iour sa brillante carriere,
Iusqu'où son char tombant le dérobe à nos yeux
On pleure auecque moy ce Heros glorieux.

SCENA QVARTA.

Cala Giunone nell' vltima machina cortegiata dall' armonia de Cieli, & apparisce nella più alta parte di questi Ercole sposato alla Bellezza.

Giunone, Dejanira, Iole, Hyllo, Licco.

Giunone. SV, sù allegrezza
Non più lamenti
Deh non più nò,
Ch' ogni amarezza
Il Ciel cangiò
Tutt' in contenti
Tutt' in dolcezza
Non più lamenti
Sù, sù, allegrezza.
Non morì Alcide
Tergete i lumi
Non morì nò,
Sù nel Ciel ride,
Che lo sposò
Il Ré dè Numi
Alla Bellezza
Tergete i lumi
Sù, sù, allegrezza.
Così deposti alfin gl' humani affetti
Così l'alma purgata
D'ogni rea gelosià
Ciò che quì giù sdegnò, la sù desia.

SCENE IV.

Iunon descend dans vne Machine, acompagnée de l'Harmonie du Ciel, dans lequel Hercule paroist marié auec la Beauté.

Iunon. Dejanire. Yole. Illus. Licas.

Iunon.

CHangez en des chants d'allegresse
Vos cris, vos plaintes, & vos pleurs,
Le Ciel, qui pour vous s'interesse,
A sceu preuenir vos mal-heurs:
Alcide n'a point rendu l'ame,
Et dans les bras de la Beauté,
Que le plus grand des Dieux luy donne pour sa Femme,
Il est viuant au Ciel plein de felicité:
C'est là que despoüillé des foiblesses humaines
Il perd tous ses desirs qui causerent vos peines,

Quindi ammorzati anch'io gl'antichi sdegni
Per il vostro godere
A mè sì glorioso
Consentij, ch'egli goda in sù le sfere
Vn beato riposo.
Ondè à compire ogni desio celeste
Sol dè vostri Hymenei mancan le feste.
Sù dunque a i giubili
Anime nubili
E felicissimi
I miei dolcissimi
Nodi insolubili
Al par d'amor v'allaccino,
E nelle vostre destre i cor s'abbraccino.
Se à prò d'vn vero amore il giusto Gioue,
Merauiglie non fà
A che riserberà sue maggior proue?

Iol. Hyl. Oh Dea come n'arrequij

Deianira. Ch'a i detti tuoi
Non lice à noi
Fede negar nè ossequij
Oh Dea come n'arrequij.

Hyllo. Iole. Che dolci gioie oh Dea
Versi nel nostro seno,
Il Ciel benigno à pieno
Che più dar ne potea?
Che dolci gioie oh Dea.

Licco. Come à tante ruuine
Succeduto ad vn tratto è vn tanto bene

Et libre deſormais des ſentimens jaloux,
Met à vous voir heureux ſes plaiſirs les plus doux:
Et moy, couple charmant, qui pleine de tendreſſe,
Au ſuccés de vos feux ſans ceſſe m'intereſſe,
Quand Alcide conſent à finir voſtre ennuy,
Je perds tout le chagrin que j'auois contre luy:
Donc pendant qu'aux plaiſirs le Ciel entier s'apreſte,
Par vn heureux Hymen prenez part à la feſte,
Que vos cœurs embraſez déja des meſmes feux,
Par l'Hymen ſoient vnis d'indiſſolubles nœuds,
Seurs que le Roy des Dieux fera voir ſa puiſſance
Dans les heureux ſuccés qu'aura voſtre alliance.

Dejanite, Yole, Illus, enſemble.

Quelle douce tranquillité
Vous nous donnez, ſainte Deeſſe!

Dejanire.

Car, peut-on ſans temerité
Ne pas croire à voſtre promeſſe,
Ou reſiſter à voſtre authorité?
Quelle douce tranquillité
Vous nous rendez, ſainte Deeſſe!

Yole. Illus.

Quel amas de plaiſirs charmans,
Sur nos cœurs amoureux voſtre bonté deſploye!
Que pourroient adiouſter à nos contentemens
Tous les Dieux, conſpirant à faire noſtre joye?

Licas.

Comment de tant de maux par vn beau changement
Peuuent de ſi grands biens naiſtre en vn ſeul moment?

In fatti è ver quì giù danzano in giro
E si tengon per man contenti, e pene.

Tutti cinque. Contro due cor ch'auuampano
Trà loro innamorati.
In van nel Ciel s'accampano
Per guerreggiar'i fati.
Da lega d' amore
Fia vinto il furore
D'ogni contraria sorte!
D'vn reciproco amor nulla è più forte;

SCENA QVINTA.

Ercole, la Bellezza, Coro di Pianeti.

Coro di Pian. QVel grand'Eroe, che già
La giù tanto penò
Sposo della Beltà
Per goder nozze eterne al Ciel volò!
Virtù, che soffre alfin mercede impetra
E degno campo a' suoi Trionfi è l'Etra:

Sans doute il est bien vray qu'vne éternelle chaisne
Ioint par tout icy bas le plaisir & la peine.

Dejanire. Yole. Illus. Iunon. Licas. ensemble.

Pour des-vnir deux cœurs l'vn de l'autre charmez,
En vain les destins animez
Se liguent & leur font la guerre,
Le party de l'Amour est toujours le plus fort,
Et tout ce que l'on voit au Ciel & sur la terre
Ne peut faire qu'vn foible effort
Contre le couple heureux que ce Dieu met d'accord.

SCENE V.

Hercule. la Beauté. Chœur de Planettes.

Le Chœur.

CE Heros que l'Hymen a mis en joüissance
Des plaisirs & de la Beauté,
Souffrit mille trauaux auecque fermeté:
Les vertus, apres la souffrance,
Trouuent enfin leur recompense,
Et le Ciel est le champ que destinent les Dieux
A leur triomphe glorieux.

Erc. e la Bel. Così vn giorno auuerrà con più diletto,
Che della Senna in sù la riua altera
Altro Gallico Alcide arso d'affetto
Giunga in pace à goder bellezza Ibera;
Mà noi dal Ciel traem viuer giocondo
E per tal coppia fia beato il mondo.

Tutti. Virtù che soffre alfin mercede impetra
E degno campo à suoi Trionfi è l'Etra.

Le varie influenze di sette Pianetti scendono sul Palco successiuamente à danzare, & in fine anche vn Choro di Stelle.

FINE.

Hercule, & la Beauté enſemble.

Ainſi ſur ſon pompeux & triomphant riuage,
La Seine quelque jour doit voir le mariage,
Dont ſaintement eſtreint, vn Hercule François
De l'Ibere Beauté ſuiura les douces loix:
Mais au lieu qu'en l'Hymen où le Ciel nous engage,
Nous ſeuls fauoriſez, trouuons noſtre aduantage,
Ce couple glorieux dans ſes iuſtes plaiſirs
Verra du monde entier accomplir les deſirs.

Le Chœur. Hercule. La Beauté enſemble.

Les vertus apres la ſouffrance
Trouuent, enfin, leur recompenſe,
Et le Ciel eſt le champ que deſtinent les Dieux
A leur triomphe glorieux.

Les diuerſes Influences des ſept Planettes, deſcendent les vnes apres les autres, & font autant d'Entrées de Ballet, qui finit par vn Chœur d'Eſtoiles.

FIN.

www.ingramcontent.com/pod-product-compliance
Ingram Content Group UK Ltd.
Pitfield, Milton Keynes, MK11 3LW, UK
UKHW021105290826
14628UKWH00014B/739

9 782019 997007